KB115124

스페셜 원
가장 특별한 감독

스페셜 원: 가장 특별한 감독 1

스틸펜 장편소설

초판 1쇄 찍은 날 § 2020년 3월 18일
초판 1쇄 펴낸 날 § 2020년 3월 25일

지은이 § 스틸펜
펴낸이 § 서경석

총괄팀장 § 노종아
편집책임 § 박현성
디자인 § 소소연

펴낸곳 § 도서출판 청어람
등록번호 § 제387-1999-000006호
등록일자 § 1999. 5. 31
어람번호 § 제1-3098호

주소 § 경기도 부천시 부일로 483번길 40 서경B/D 3F (우) 14640
전화 § 032-656-4452 팩스 § 032-656-4453
http://www.chungeoram.com
E-mail § chungeorambook@daum.net

ISBN 979-11-04-92171-1 04810
ISBN 979-11-04-92074-5 (세트)

스페셜 원

가장 특별한 감독

7

스틸펜 장편소설

FUSION FANTASTIC STORY

청어람

스페셜 원

가장 특별한 감독

CONTENTS

39 ROUND
동독의 왕

마지막 다섯 번째 시즌.

라이프치히에게 있어 매우 중요한 시즌이라 할 수 있었다.

먼저 원지석은 더 이상의 재계약을 하지 않겠다는 뜻을 밝혔다.

즉, 이번 시즌이 그가 라이프치히의 감독으로서 있을 마지막 시즌이라는 이야기.

구단은 시즌이 끝날 때까지 마음이 바뀌면 언제든지 말하라 했지만, 그럴 가능성은 낮다.

'혹시 모르지.'

만약 이번에도 빈손으로 시즌을 마무리한다면, 그때는 자존심 비슷한 책임감으로 계약 연장을 할지도.

하지만 그럴 일은 없을 것이다.

반드시 우승할 테니까.

「[키커] 나겔스만, 이번에도 우승은 바이에른의 것」

어느덧 바이에른의 새로운 미래로 불리게 된 나겔스만은 시즌을 준비하며 강한 자신감을 드러냈다.

"팀의 분위기는 환상적입니다. 새로 이적한 선수들도 팀에 빠르게 녹아들고 있으며, 기존 선수들 역시 최선을 다하고 있습니다."

세 시즌 만에 차지한 왕좌.

바이에른 팬들에겐 참으로 길었던 시간일지도 몰랐다. 그랬기에 그들은 나겔스만에게 많은 지지를 보냈다.

아니, 바이에른의 팬뿐만이 아니다.

분데스리가의 이단아인 라이프치히를 싫어하는 사람들은 많다.

그런 사람들 역시 나겔스만에게 많은 기대를 걸었다. 마치 악에 맞서는 정의의 용사를 보듯이.

「[키커] 오르반, 환상적인 시간이었다」

그러는 사이 팀과의 계약이 만료된 오르반이 팀을 떠나게 되었다. 그는 구단과의 인터뷰를 통해 그동안의 경험을 이야기했다.

"처음 라이프치히에 왔을 때 팀은 2부 리그에 있었죠. 그런 상황에 승격을 하고, 세 번의 준우승, 세 번의 우승을 이루었습니다."

거기까지 말한 오르반이 미소를 보였다.

그 말처럼 매우 특별한 경험이었다.

앞으로 어떤 일이 있을지 모르겠지만, 지금 같은 시간을 다시 보낼 수 있을까.

아마 다시 경험하지 못할 시간이란 걸 안다. 그렇기에 소중한 기억이었고.

"이 팀의 주장이어서 행복했습니다. 감사합니다."

구단과 팬들은 오르반에게 박수를 보냈다. 팀의 성공을 함께한 주장이 떠나는 게 아쉬워도, 점차 입지를 잃어가는 그의 처지를 알기 때문이다.

「[오피셜] 라이프치히의 새로운 주장은 벨미르 노바코비치」

그리고 새로운 주장이 발표되었다.

2022년을 기준으로 만 23살.

그라운드에선 미친개 소릴 듣는 미드필더가.

새로운 주장에 대해 사람들의 의견이 뜨거웠다. 솔직히 말해 말도 안 된다는 반응부터, 당연하다는 반응까지.

—아니, 미쳤냐? 주장 품격은 어디 감?

—벨미르가 어때서?

—몰라서 묻니?

—다른 것보다 고참 선수들이 받아들이려나?

논쟁의 주요 쟁점은 이거였다.

주장 완장을 차고 팀을 이끌기엔 너무 어리고, 경험이 부족한 게 아니냐는 것.

이런 논쟁과는 달리 정작 라이프치히의 팬들은 고개를 끄덕이는 중이었다.

그들은 경기장에서, 혹은 TV 중계를 통해 벨미르의 모습을 가장 많이 본 사람들이기도 하다.

벨미르는 지난 세 시즌 동안 중원에서 큰 영향력을 발휘했다. 그 실력 또한 유럽 대항전에서 증명했고.

—지금이 아니면 힘들어.

분명 녀석은 확실한 주장감이다.

그 사실을 원지석이 모를 리가 없었다.

팀을 가장 잘 파악하고 있는 그로선 후임 감독이 고참 선수들의 눈치를 볼 경우를 대비해, 아예 파격적인 선택으로 못을 박을 생각이었다.

"적합한 사람이라면, 나이는 중요하지 않습니다."

"그렇다면 벨미르는 적합하단 소린가요?"

기자의 도발적인 질문에 원지석이 피식 웃었다.

"물론이죠."

*   *   *

하나 다행인 게 있다면, 이 어린 주장에 대해 라이프치히 선수들도 별다른 불만은 없다는 거였다.

"그냥 걔한테 주장 줘."

포르스베리의 말에 다른 선수들이 웃음을 터뜨렸다.

녀석이 그라운드에서 지랄하던 것도 벌써 세 시즌이 지났다. 차라리 주장 완장을 차고 그러는 게 낫겠다 싶었고.

「[키커] 분수령이 될 22/23 시즌!」

분수령.

그 말처럼.

바이에른과 라이프치히에게 있어서 다가올 시즌은 분수령과 같았다.

만약 이번에도 바이에른이 우승을 차지한다면, 결국 라이프치히의 선전은 잠깐의 반란으로 그칠 것이다.

되돌아온 왕.

라이프치히로서는 가장 듣기 싫은 말일 테니까.

하지만 라이프치히가 다시 우승을 차지한다면 상황은 달라진다. 그들이 아직 멀쩡히 살아 있다는 걸 모두에게 알릴 기회였다

「[오피셜] 맨 시티로부터 니콜라스 오타멘디를 영입한 라이프치히!」

한편 원지석은 이적 시장을 통해 오타멘디를 영입했다. 아르헨티나 국적의 센터백으로, 올해 만 34살이 되는 노장이다.

맨 시티로서는 나이가 들며 기량이 저하된 오타멘디를 적절한 값에 팔 수 있었고, 라이프치히는 오르반이 떠나며 얇아진 수비 뎁스를 채우길 원했다.

물론 챔피언스리그까지 뛰어야 하는 라이프치히로선 세 명의 센터백은 적은 수일지도 몰랐다.

"클로스터만이 잘해주겠죠."

클로스터만은 본래 오른쪽 풀백이지만 왼쪽 풀백과 센터백까지 뛸 수 있는 멀티플레이어다.

원지석의 지휘 아래에선 팀의 네 번째 센터백이 되었고, 감독의 요구에 따라 풀백과 센터백을 번갈아 뛰며 다재다능한 모습을 보였다.

"오타멘디는 어때요?"

"생각보다 괜찮은데?"

케빈이 턱짓으로 훈련장을 가리켰다.

선수들이 연습 게임을 하고 있었다.

훈련장을 물끄러미 보던 원지석이 고개를 끄덕였다.

신입생임에도 불구하고 그 경험이 어디로 가진 않는지, 오타멘디는 생각보다 빠르게 팀에 녹아드는 중이었다.

"뭐 나이가 들며 발이 더 느려지긴 했지만."

오타멘디는 전성기 시절에도 빠른 발을 가진 선수들에게 힘겨워하는 모습을 보였다.

나이를 먹으며 신체적인 능력이 떨어진 지금은 더욱 그럴 수밖에 없어서, 그런 단점을 상쇄해 줄 선수와 함께 뛰어야만 했다.

"브레노."

원지석의 시선이 오타멘디의 옆에서 뛰는 브레노를 찾았다.

빠른 발을 가진 녀석이라면.

오타멘디의 훌륭한 파트너가 되어줄 것이다.

「[키커] 드디어 시작된 분데스리가!」

「[빌트] 베르너의 해트트릭! 라이프치히의 호쾌한 승리!」

개막전에서 하노버를 맞이한 라이프치히는 시원한 승리를 거두었다.

특히 원지석의 지도 아래 특급 골잡이로 성장한 베르너가 해트트릭을 터뜨리며 녹슬지 않은 모습을 보였다.

「[키커] 퀼른을 혼쭐낸 황소 군단!」

「[키커] 다시 한번 무실점을 기록한 라이프치히!」

리그가 계속 진행되는 동안 라이프치히는 단 한 번의 패배도 기록하지 않았다.

몰아치는 황소처럼.

거세게 질주하는 라이프치히의 플레이는 팬들에게 큰 호응을 얻었다.

특히 네 경기 연속 클린 시트를 기록했다는 게 주목할 점이었다. 팀이 공수 양면으로 좋은 모습을 보여주고 있다는 거니까.

「[키커] 노장의 품격! 팀의 무실점을 이끈 오타멘디!」

그중에서도 오타멘디의 퍼포먼스가 사람들의 이목을 끌었다.

전성기가 지났다며 퇴물 평가를 받던 그가, 분데스리가에선 매우 좋은 모습을 보여주고 있기 때문이다.

'확실히 신체 능력은 떨어졌지만.'

원지석은 퀼른전에서 오타멘디가 보여준 활약을 다시 보았다.

분명 나이가 들며 신체적인 능력이 떨어진 건 맞다.

하지만 경험이 쌓이며 더욱 원숙해진 태클과, 상황을 판단하는 베테랑의 예측력은 오타멘디의 새로운 무기가 되었다.

「[키커] 꿀벌 군단을 마주한 황소 군단」

그들은 다음 경기에서 도르트문트를 상대하게 된다.

도르트문트 역시 팀에 크고 작은 변화가 있었는데, AS 모나코로부터 윙어 케이타 발데를 영입한 것이다.

로이스의 잠재적 대체자로 영입된 발데는 최전방과 처진 공격수를 가리지 않고 뛰며 팀의 공격을 이끌었다.

―양 팀의 라인업입니다.

―아, 오늘 라이프치히의 수비진은 오타멘디가 나왔군요? 우파메카노의 부상이 아직 완전히 낫지 않은 듯하네요.

현재 우파메카노는 햄스트링 부상으로 스쿼드를 이탈한 상황이다.

백업 멤버이던 오타멘디가 생각보다 기회를 빨리 잡은 것도 이런 이유였다. 아무래도 오늘 경기에 맞춰 돌아올 것으로 예상되었기에 중계진이 우파메카노를 언급했다.

오늘 라이프치히의 포백은 브레노, 오타멘디, 히메네스, 베르나르두가 자리를 잡았다.

중원에선 세리, 밀린코비치―사비치, 벨미르가.

최전방에는 포르스베리, 베르너, 자비처가 공격을 이끌었다.

—이에 맞서는 도르트문트는 투톱을 꺼냈군요?

　—지난 경기에서 케이타와 오바메양의 투톱이 생각보다 나쁘
지 않았는데, 오늘 경기에선 어떨지 기대가 되네요.

　이에 맞서는 도르트문트는 케이타 발데와 오바메양이 투톱
으로 서며 라이프치히의 골문을 노렸다.

　팀의 대표적인 골잡이였던 오바메양은 지난 시즌부터 부진
에 허덕였다. 빠른 발로 먹고 살던 그의 플레이 스타일상, 노쇠
화로 인한 기량 저하는 필연적일지도 몰랐다.

　—측면으로 공을 몰고 빠지는 오바메양!

　자연스레 도르트문트의 감독도 변화를 주었다.

　오바메양은 득점보단 도움을 주는 역할로 바뀌었고, 그를 대
신해 발데와 풀리시치가 직접적인 득점을 노렸다.

　측면으로 빠지던 오바메양이 공을 흘리며 스루패스를 찔렀
다.

　이 패스를 받은 풀리시치가 안쪽으로 파고 들어가며 주위를
둘러보았다. 마찬가지로 반대쪽 측면에서 수비 라인을 따라 달
리는 발데의 모습이 보였다.

　—풀리시치의 긴 패스!

―아! 히메네스가 슬라이딩태클로 걷어냅니다!

살짝 휘려던 패스를 눈치챈 히메네스가 몸을 날렸다. 그러고선 누운 상태 그대로 발만 까딱이며 패스를 했고, 이를 받은 베르나르두가 빠르게 뛰었다.

베르나르두 역시 원지석의 아래에서 유망주 딱지를 떼어낸 선수 중 하나다.

분데스리가 최고의 풀백 중 하나로 성장한 그가 중원을 향해 날카로운 패스를 보냈다.

―공을 잡은 사비치가 전진하네요!
―자연스레 벨미르가 뒤로 빠집니다!

192㎝라는 거구의 미드필더가 달리자 그 위압감이 엄청났다. 달라붙은 압박을 벗어나며 성큼성큼 들어가는 모습은 절로 입이 벌어질 정도였다.

라치오에서 이적한 사비치 역시 원지석의 지도를 받으며 분데스리가 최고의 미드필더로 성장했다.

때로는 홀로 중원을 책임질 정도였는데, 그 활약을 높이 산 키커는 랑리스테에서 IK등급을 주었다.

―사비치의 슈우우웃!
―펀칭으로 막아내는 뷔르키!

도르트문트의 골키퍼인 뷔르키가 슈팅을 잡는 대신 주먹으로 펀칭하는 쪽을 택했다. 워낙 강력한 슈팅이었기에 굴절되며 골이 될 수 있기 때문이다.

　─아직 공은 라이프치히가 가지고 있습니다!

　다시 중원 쪽으로 가는 공을 보며 미리 자리를 잡은 선수가 있었다. 도르트문트의 후방 플레이메이커인 바이글이었다.
　가슴으로 공을 트래핑하고, 그대로 몸을 돌리는 턴 동작과 함께 패스를 하려 했지만, 뒤를 돌아본 바이글의 눈이 크게 떠지고 말았다.

　─벨미르으으!

　어느새 달려온 벨미르가 공을 뺏어내는 데 성공했다. 아니, 거기서 그치지 않고 공을 길게 터치하며 달리기 시작했다.
　도르트문트가 늦기 전에 수비 라인을 재빨리 정비하려던 때였다.
　쾅!
　큰 소리와 함께 대포알 같은 슈팅이 그들의 사이를 스쳤다.
　철썩!
　뷔르키가 멍하니 고개를 돌렸다.

골 망을 크게 흔든 공이 데구루루 굴렀다.

—고오올! 골입니다 골! 먼 거리에서 작렬한 벨미르의 환상적인 중거리 슈팅!
—저런 건 아무도 못 막죠!

와아아!
RB아레나에 모인 관중들이 함성을 질렀다.
그런 팬들을 보던 벨미르가 씨익 웃으며 팔뚝에 걸린 주장 완장을 툭툭 쳤다.
동독의 왕.
이번 시즌부터 불리는 그의 별명이었다.

*   *   *

「[키커] 두 골을 터뜨린 벨미르!」
「[빌트] 팀을 승리로 이끈 동독의 왕!」

동독의 왕.
어린 선수에게 붙기엔 꽤나 거창한 별명이다. 사실 시작부터가 장난에 가까웠다.
라이프치히 팬들은 특유의 자신감을 보여주는 벨미르에게 왕이란 별명을 붙여주었고, 이 별명은 시간이 지나며 제법 유명해졌다.

유명해진 계기는 역시 응원가였다.

RB아레나를 가득 채운 관중들이 벨미르를 향해 왕이라 노래하는 모습은, 일대 장관이나 마찬가지였으니까.

이는 곧 언론을 타며 많은 사람들에게 알려졌고, 구단으로서도 꽤 마음에 든 모양이었다.

'팀을 상징하는 아이콘이 필요해.'

기사를 내려놓은 랄프 랑닉이 흡족한 얼굴로 웃었다.

라이프치히 프로젝트.

이방인인 그들이 독일 축구계를 지배하던 바이에른에게 맞서기 위해 짠 계획.

이 프로젝트는 지난 4년간 큰 성과를 거두었다. 그 중심엔 잉글랜드에서 건너온 감독이 있었고.

원지석.

첼시에서 놀라운 성과를 거둔 한국인.

그는 지난 네 시즌 동안 라이프치히 프로젝트를 대표한 아이콘이다.

사실 보드진이 이 한국 국적의 감독을 데려오려 할 땐 많은 논란이 있었다. 더 두고 봐야 한다, 큰 프로젝트를 맡기기엔 도박이라는 둥.

'도박은 성공적이었어.'

랄프 랑닉이 본인의 권한을 양보하며 극적으로 성사된 계약은, 결과적으로 대박을 터뜨렸다.

수많은 트로피를 추가하는 것에서 그치지 않고, 유럽 축구계에서의 위상을 확 바꿔 버렸으니까.

그런 원지석이 이제 이번 시즌을 마지막으로 떠난다.

분데스리가의 스페셜 원이 떠난 빈자리는 크게 느껴질 터. 구단으로선 또 다른 아이콘이 필요했다.

'그건 어렵지 않지.'

랄프 랑닉이 다시 한번 기사를 훑었다.

벨미르.

새롭게 태어난 동독의 왕.

이 어린 주장을 보드진이 은근히 반겼던 이유가 그거였다. 특히 랄프 랑닉은 보고를 듣고선 매우 좋아했었고.

감독이 떠나도 팀의 정신을 이어갈 선수는 남는다.

라이프치히의 기대에 호응이라도 하듯 벨미르 역시 날이 갈수록 성장하는 모습을 보였다.

「[키커] 또다시 골을 넣은 벨미르! 샬케를 격파하다!」

벌써 리그에서만 9골.

모든 공식 대회를 통틀어선 14골이었으며, 이는 중앙미드필더에겐 환상적인 기록이라 할 수 있었다.

샬케의 감독인 테데스코 역시 그런 벨미르를 강하게 압박하는 전술을 구상했다.

하지만 벨미르는 다른 미드필더들과 꾸준히 스위칭을 하며 샬케를 흔들었고, 결국 골을 넣으며 균형을 깨뜨렸다.

「[키커] 제니트를 대파한 라이프치히!」
「[빌트] 라이프치히, 본선 진출까지 한 걸음!」

한편 라이프치히는 챔피언스리그에서도 상승세를 이어가며 다른 팀들을 일찌감치 따돌렸다.

만약 다음 경기에서 승리를 거두기만 한다면 이후 결과에 상관없이 본선 진출이 확정된다. 원지석으로선 놓칠 수 없었다.

"가능하면 남은 경기에서도 모두 승리를 거두고 싶군요."

제니트와의 경기를 끝낸 원지석이 기자회견에서 그런 말을 했다.

본선 진출을 확정한다면 몇 명의 유망주들에게 기회를 줄 생각이었다. 대부분이 교체로 나오겠지만, 그중에는 선발로 뛸 녀석도 보였다.

'나쁘지 않아.'

여기서 몇 명이나 1군에 자리를 잡을지는 모른다. 대부분의 녀석은 기회를 잡지 못해 떠날 터였고.

다만, 현재로서는 모두 뛰어난 잠재성을 빛내는 녀석들이었다.

슬슬 기자회견이 끝나갈 무렵, 한 기자가 손을 들며 물었다.

"감독님이 이번 시즌을 끝으로 라이프치히를 떠난다는 건

공공연한 사실일 겁니다. 차후 행선지로 연결되는 곳이 많은데, 힌트라도?"

그 질문에 원지석이 볼을 긁적거렸다.

벌써부터 제의를 한 팀들이 있긴 했지만.

지금으로선 해줄 말이 없었다.

"시즌이 끝나기 전까지 저는 라이프치히의 감독입니다. 남은 시즌 동안은 팀을 위해 최선을 다해야죠."

당연하다면 당연한 대답이었다.

다만 기자들은 생각 이상으로 끈질겼다.

"이탈리아나 스페인행을 생각하는 사람도 많지만, 첼시로의 복귀설 역시 많이 나오는 중인데요? 런던으로 돌아갈 가능성은 있나요?"

원지석이 스탬포드 브릿지로 다시 돌아오겠다고 한 약속은 꽤나 유명한 이야기다.

거기다 최근 첼시의 분위기가 좋지 못하자 원지석의 복귀설이 심상찮게 나오는 중이었다. 팬들 역시 그들의 스페셜 원이 돌아오길 기다렸고.

"글쎄요. 미래엔 어떤 일도 일어날 수 있죠."

쓰게 웃은 원지석이 어깨를 으쓱였다.

그 말대로.

미래엔 어떤 일이 벌어질지 아무도 모른다.

새로운 팀을 구할지, 첼시로 돌아갈지, 아니면 라이프치히와 재계약을 할지.

지금 떠든다고 해봤자 이후 사정에 따라 상황이 바뀐다는 걸 알기에 입을 열지 않았다.

　「[키커] 브레노의 극적인 동점골!」
　「[빌트] 바이에른 원정에서 무승부를 거둔 라이프치히!」

　전반기에 있었던 바이에른과의 경기는 난타전 끝에 무승부를 거두었다.
　시작은 코망의 골이었다.
　환상적인 드리블로 수비진을 농락한 코망은 낮게 깔아 찬 슛으로 득점에 성공했다.
　이후 두 팀은 한 골씩 주고받으며 끈질긴 대치를 이어갔는데, 결국 바이에른의 세 번째 골이 터지며 다시 경기를 앞서 나갔다.
　늦은 시간에 터진 골인 만큼 알리안츠 아레나는 열광적인 환호로 뒤덮였다.
　승리를 확신하는 환호.
　그 환호가 꺼지기까지는 그리 오래 걸리지 않았다.
　몇 분 뒤에 주어진 추가시간.
　경기 종료 직전, 세트피스 상황에서 브레노가 극적인 헤딩골을 성공시킨 것이다.

　ー고오오올! 경기를 다시 원점으로 되돌리는 브레노 페레이라!

―알리안츠 아레나의 관중들이 침묵에 빠집니다!

　향후 우승에 있어 중요한 포인트가 될 매치였던 만큼 의미가 매우 큰 골이다. 원정팀인 라이프치히가 이득을 챙긴 경기라고 말할 수 있었다.

　"전반기의 고비는 넘겼지만 다른 팀에게 승점을 잃는다면 결국 물거품이 될 뿐이다. 정신 똑바로 차려!"

　원지석은 선수들이 기쁨에 취하지 않길 바랐다. 힘든 상대를 꺾었다는 성취감은 알리안츠 아레나를 떠나며 묻어둬야 했다.

　라커 룸 대화를 끝낸 원지석이 짐을 챙기는 브레노의 어깨를 툭 쳤다. 브레노와 눈을 마주친 그는 잘했다는 말과 함께 라커 룸을 떠났다.

　"왜 그래. 무슨 일 있어?"

　"아니. 아무것도."

　벨미르가 이상할 정도로 실실거리는 브레노를 보며 고개를 갸웃거렸다.

　칭찬을 줄 때는 확실히.

　벨미르처럼 계속 채찍질을 해야 하는 녀석이 있는 반면, 꾸준한 칭찬으로 자신감을 얻는 녀석이 있다. 브레노는 후자였다.

　중요한 건 당근을 꺼내 줄 적절한 때다.

　그때를 귀신같이 파악하는 원지석이었다.

「[키커] 챔피언스리그를 건 두 팀의 대결!」

라이프치히는 원정경기를 준비하기 위해 이탈리아로 떠났다.

상대는 인테르.

스팔레티의 지휘 아래 반등에 성공한 팀.

그들을 상대로 어떤 결과를 거두느냐에 따라 라이프치히의 본선행이 결정된다. 선수들은 눈을 날카롭게 빛내며 훈련에 임했다.

한편 인테르 역시 이번 경기에서 물러설 수 없는 입장이었다.

조별 1위는 사실상 불가능하다지만, 2위로 본선에 진출할 가능성은 남았다. 그러기 위해선 이번 경기에서 승점을 반드시 얻어야만 한다.

"이번 경기는 우리의 홈입니다. 두려워할 이유가 없죠."

인테르의 감독인 스팔레티는 경기에 앞서 강한 자신감을 드러냈다.

사실 이번 여름, 스팔레티는 느닷없는 경질설에 휘말렸다. 맨유와의 계약이 끝난 조제 무리뉴의 부임설 때문이었다.

근래 비판에 시달린 무리뉴라 해도 인테르에게 있어선 영원한 스페셜 원이다. 그만큼 트레블을 달성했던 시절의 영광은, 구단에게나 무리뉴에게나 최고의 전성기였다.

그럼에도 스팔레티는 본인의 자리를 지켜냈다.

이제는 보드진의 선택이 틀리지 않았다는 걸 증명하면 될 뿐.

　

―양 팀의 라인업이 발표되었네요.

―먼저 홈팀인 인테르의 라인업입니다.

　

인테르는 4231 포메이션을 꺼냈다.

포백으로는 담브로시오, 슈크리니아르, 미란다, 칸셀루가.

중원에는 발레로와 브로지비치가 짝을 맞추었고, 공격형미드필더로 하피냐 알칸타라가 섰다.

측면 윙어로는 페리시치와 칸드레바가 자리를 잡았으며, 최전방에는 팀의 주장이자 핵심 공격수인 마우로 이카르디가 방점을 찍었다.

　

―부상 중이던 이카르디 선수가 선발 명단에 이름을 올렸군요?

―그만큼 스팔레티 감독의 사활을 건 의지를 느낄 수 있지만, 비판 역시 피할 수 없을 거 같네요.

　

부상이 낫지도 않은 선수를 강제로 세우는 건 굉장히 위험한 행동이다. 아무리 핵심 선수라도 말이다.

만약 여기서 이카르디의 부상이 더 심해진다면, 스팔레티는 그 책임을 피하지 못할 터.

—이에 맞서는 라이프치히의 라인업입니다.

라이프치히의 포메이션은 433이었다.

포백으로 브레노, 우파메카노, 히메네스, 베르나르두가 자리를 잡았으며.

중원으로는 세리, 밀린코비치—사비치, 벨미르가.

최전방에는 포르스베리, 베르너, 자비처가 서며 삼각 편대를 완성했다.

"흠."

터널을 지나 벤치에 앉으려던 원지석이 눈을 끔뻑였다. 그의 시선이 경기장에 크게 걸린 문구를 향했다.

「너 따윈 진짜 스페셜 원이 아니야!」

아무래도 상대 팀을 도발하기 위한 걸개인 듯했다. 뒤따라온 케빈이 낄낄거리며 원지석의 등을 탁 쳤다.

"그럼 여기 있는 건 가짜인가?"

"그러게요."

스타디오 주세페 메아차.

약 8만 명을 수용 가능한 경기장.

악명 높은 이탈리아 울트라스들 중에서도 인테르의 울트라스는 꽤 격한 편이다.

특히 한때 인테르의 핵심 공격수이던 즐라탄과 얽힌 일화는 유명하다.

즐라탄 이브라히모비치는 인테르에서 뛰던 시절 장남인 막시밀리안을 낳았다. 당시 울트라스는 막시밀리안을 환영한다며 새로운 생명을 축하하는 걸개를 크게 만들었다.

하지만 인테르를 떠나겠다는 의사를 밝히자마자, 그 걸개는 즐라탄을 저주하는 문구로 꾸며졌다.

이제 그들의 저주는 라이프치히를, 저 건방진 가짜 스페셜 원에게 향했다.

"시끄럽네요."

8만 명에 가까운 관중들이 퍼붓는 야유 소리를 들으며 원지석이 어깨를 으쓱였다.

지그날 이두나 파크에서 도르트문트 팬들이 쏟아내는 저주에 익숙해진 그에게, 이런 야유는 큰 효과가 없었다.

"조용히 만들어주죠."

"그거 좋네. 오늘부터 이곳은 주세페 메아차 도서관이다."

원지석과 케빈이 농담을 하는 사이.

삐이익!

마침내 경기가 시작되었다.

선축은 원정팀의 몫이었다. 공이 중원에 머무를 동안 라이프치히의 공격수들이 최전방을 향해 뛰었다.

그러는 와중에도 포르스베리는 약간 처진 위치에 있었는데,

그는 측면공격수가 아닌 플레이메이커가 되어 세리와 경기를 풀어가는 역할을 맡았다.

―세리의 긴 패스!
―인테르의 선수들이 미리 자리를 잡습니다!

포르스베리가 공을 잡는 순간부터 인테르의 압박이 시작되었다.

특히 중원에 선 브로지비치는 활동량이 왕성한 미드필더다. 그가 칸셀루와 함께 호흡을 맞추며 라이프치히의 왼쪽을 조였다.

―거친 압박에 들어가는 브로지비치!

브로지비치는 공수 양면으로 재능이 있다는 소릴 들었지만, 동시에 공수 양면으로 어중간하다는 지적을 받았던 선수다.

이번 시즌에는 수비적으로 성장한 모습을 보이며 인테르의 궂은일을 책임지는 그가 포르스베리의 다리를 걸었다.

"아악!"

포르스베리의 비명과 함께 주심이 휘슬을 불었다.

파울 선언에 침을 뱉은 브로지비치가 몸을 돌린 순간.

―아! 바로 역습을 전개하는 포르스베리!

—칸셀루가 공을 놓쳤어요! 패스를 받은 브레노가 달립니다! 빠르게 달리는 브레노!

순간적인 일이었다.

포르스베리가 몸을 일으킨 순간.

브레노가 측면을 향해 달렸다.

순간 세트피스에 참여하기 위해 달리는 줄 알았던 인테르 선수들이 뒤늦게 눈을 크게 떴지만, 이미 늦었다.

날카로운 스루패스를 받은 브레노는 이미 페널티에어리어 근처까지 다다랐으니까.

녀석의 송곳 같은 패스가 수비수들 사이를 흘렀다. 그리고 그 패스를 향해 뛰는 선수가 있었다.

—베르너어어어!

라이프치히의 라인 브레이커.

베르너가 강한 슈팅을 날렸다.

*   *   *

—경기가 시작되자마자 골을 터뜨리는 라이프치히!

—포르스베리와 브레노가 순간적이지만, 아주 재치 있는 호흡으로 골을 만들어냈습니다!

조금 전의 일이었다.

포르스베리가 쓰러졌던 순간.

둘의 눈이 마주쳤다.

굳이 말을 하지 않아도 충분했다. 여기에 브레노의 연기도 한몫을 했다.

고개를 끄덕인 브레노는 아무렇지 않게 걷다가 점차 속력을 올렸고, 포르스베리가 몸을 일으키자 전력을 다해 뛰었다.

그리고 골.

재치 있는 역습의 마무리를 완성한 베르너가 동료들과 격한 기쁨을 나누었다.

"연기 좋던데."

"은퇴하고 배우나 할까 봐요."

"미친놈."

신입 때와는 달리 이제는 제법 너스레를 떠는 브레노를 보며 다른 선수들이 웃었다.

하긴, 아무 말 없이 서 있기만 한다면 느와르 영화에서도 먹힐 인상이니까. 캐서린에게 안긴 엘리가 녀석을 보고선 울음을 터뜨렸다는 이야기는 이미 전설이 되었다.

경기가 다시 시작되었다.

골을 먹힌 인테르가 선축을 가져가며, 빠르게 공격을 시도했다.

가끔은 이런 시도가 먹히기도 한다. 상대방이 골을 넣었다는 기쁨에 들떠 있을 때가, 역설적으로 골을 넣기 쉬울 때였으니까.

"다들 정신 똑바로 차려!"

중원에 있던 벨미르가 그런 낌새를 눈치채고 바로 소리를 질렀다.

인테르의 미드필더들이 먼저 서로 공을 주고받으며 천천히 라인을 올렸다.

중앙미드필더인 발레로는 전형적인 플레이메이커이며, 공격형미드필더로 나선 하피냐와 패스를 돌리던 중 눈을 빛냈다.

―길게 공을 보내는 발레로!
―아주 정확한 패스입니다!

발레로는 만 37세라는 나이가 무색하게 인테르의 중원에서 활약하는 선수다.

나이가 나이인 만큼 모든 경기를 뛰진 못하지만, 스팔레티 감독이 직접 재계약을 요구했을 정도로 꾸준한 퍼포먼스를 보였다.

노장의 발끝에서 시작된 패스가 최전방의 이카르디에게 닿았다.

이카르디 역시 패스가 나쁘지 않은 공격수다. 공을 받은 그가 측면으로 넓게 패스를 보냈다.

―이카르디의 스루패스가 페리시치에게!

인테르의 왼쪽 윙어인 페리시치가 공을 안쪽으로 터치하며 몸을 접었다.

수비를 돌파하는 대신 바깥쪽 라인을 타고 올라가던 그가 슬쩍 각을 보더니, 그대로 슈팅을 때렸다.

―페리시치의 슈우웃!
―굴라치의 선방에 막히네요!

골문 구석을 향해 부드럽게 휘는 슈팅을 굴라치가 손끝으로 막아냈다.

이후 인테르의 코너킥 상황에서도 페리시치는 꽤나 위협적인 상대였다.

일단 키가 187㎝에 달하는 데다 헤딩 능력 역시 나쁘지 않았기에, 라이프치히에게 있어선 요주의 대상이라 할 수 있었다.

―멀리 크로스를 보내는 칸드레바!

쾅!
칸드레바가 올린 코너킥을 향해 페리시치가 뛰었다.
날카로운 크로스를 잘라먹기 위해 머리를 앞으로 내민 순간, 먼저 공을 걸어낸 녀석이 있었다.

벨미르였다.

쿠웅!

뒤늦게 머리를 갖다 댄 페리시치와 벨미르의 얼굴이 공중에
서 충돌했다.

　

─아아! 두 선수가 쓰러졌어요!

─팀닥터들이 급하게 들어갑니다!

　

페리시치는 자신의 상태를 확인하는 팀닥터들에게 머리를
맡기면서도 슬쩍 옆을 보았다.

괜찮다는 사인과 함께 몸을 일으킨 벨미르가 이쪽을 향해
걸어오고 있었다.

"괜찮냐?"

"어, 어."

"뭐 그럴 수도 있지."

내밀어진 손을 멍하니 보던 페리시치가 그 손을 잡아 몸을
일으켰다.

'미친개라더니.'

역시 소문은 소문일 뿐인가.

자기는 괜찮다고 말하는 벨미르를 보며 편견을 깬 페리시치
였다.

물론, 분데스리가의 선수들이 들었다면 그건 아니라고 거품
을 물었겠지만.

벨미르는 지난번의 살인 태클 사건 이후 좀 더 성숙한 모습을 보여주었다. 방금처럼 우발적인 상황엔 어지간해선 화를 내지 않을 정도로.

─아, 벨미르 선수가 먼저 손을 내미는군요?
─주장으로 선임된 이후에는 성숙한 모습으로 팬들의 많은 지지를 받고 있죠?

의외로 훈훈한 분위기 속에서 경기가 계속 진행되었다.
물론 오늘 경기는 두 팀에게 있어 매우 중요한 경기인 만큼, 그들은 다시 치열하게 맞붙으며 서로의 골문을 노렸다.
"이쪽! 이쪽으로!"
손을 든 자비처가 뒤도 돌아보지 않으며 뛰었다. 동시에 택배 같은 패스가 정확히 그의 앞으로 배달되었다.
상체 페인팅으로 인테르의 왼쪽 풀백인 담브로시오를 벗어난 자비처가 계속해서 달렸다.
자비처가 중앙으로 파고들자 인테르의 수비진도 변화를 가져갔다.
그를 막기 위해 나온 슈크리니아르는 파이터형 센터백이며, 인테르의 핵심 수비수이다. 미란다가 노쇠한 지금 팀을 이끄는 선수라 봐도 좋았다.
슈크리니아르가 어깨를 집어넣으며 페인팅을 하지 못하도록 막았다.

그다음엔 거친 압박으로 자비처를 몰아붙이더니, 결국 공을 빼앗는 데 성공했다.

—인테르의 역습이 시작됩니다!
—칸셀루에게 바로 패스하는 슈크리니아르!

인테르의 오른쪽 풀백인 칸셀루는 수비력이 부족하다는 지적을 받지만, 공격력에 있어선 매우 좋은 모습을 보여주는 풀백이다.

그런 칸셀루가 달리기 시작하자 다른 선수들 역시 라인을 올리며 그의 호흡에 맞췄다.

"저쪽 막아!"

누구를 지칭하지도 않았지만, 벨미르의 말에 두 선수가 고개를 끄덕였다.

포르스베리와 세리가 왼쪽 측면으로 옮기며 공간 압박에 들어갔다. 키가 큰 사비치는 좀 더 후방으로 빠지며 포백의 앞을 보호했다.

오버래핑을 하던 칸셀루는 욕심을 부리지 않았다. 대신 터치라인을 따라 길게 공을 찔렀다.

—패스를 받은 칸드레바!

공을 건넨 칸셀루가 안쪽으로 파고드는 사이, 칸드레바는 터치라인에서 줄타기를 하며 측면으로 빠졌다.

칸드레바는 윙어를 생각하면 떠오르는 전통적인 스타일의 윙어다.

거기다 빠른 발과 볼을 다루는 기술 역시 나쁘지 않아 상대 팀 풀백이 까다로워하는 윙어이기도 하다.

그런 칸드레바의 앞을 브레노가 막았다.

브레노 역시 활동량과 속도로는 리그 최고로 꼽히는 풀백.

칸드레바는 자신의 옆을 끈질기게 따라붙는 브레노를 보며 얼굴을 구겼다.

결국 속도로 제치는 것을 포기한 그가 바깥 발로 공을 빼냈다. 그러고선 주저 없이 강한 크로스를 올렸다.

―날카롭게 올라가는 크로스!
―이카르디가 자리를 잡고 있네요!

이카르디는 부상의 여파인지 오늘 경기에서 별다른 활약을 보이지 못하고 있었다.

하지만 공격수에게 필요한 건 결국 골이다.

이번 찬스를 잡기만 한다면 오늘의 부진을 씻어낼 수 있을 터.

그렇게 미리 자리를 잡고 점프를 하려던 순간, 이카르디의 앞을 막는 거대한 선수가 있었다.

밀린코비치―사비치.

거구의 미드필더가 뒤늦게 자리를 잡았음에도 쉽게 헤딩을 따낸 것이다.

―사비치가 걷어낸 공을 받아낸 브레노가 달리네요! 아주 빨라요!

인테르의 역습을 끊어낸 라이프치히의 재빠른 역습이 시작되었다.

브레노는 라이프치히의 스포츠카다. 세리에게 공을 넘긴 그가 이를 악물며 달렸다.

세리는 왼쪽 측면에 있던 포르스베리에게 공을 넘겼고, 포르스베리는 원터치로 스루패스를 찔렀다.

―벌써 저기까지 갔군요!
―베르너가 손을 들며 수비수들 사이를 침투합니다!

첫 번째 골 장면과 비슷하다.

페널티에어리어를 침투하는 브레노.

수비 라인을 부수려는 베르너.

베르너를 막지 못한다면 결국 똑같은 상황이 다시 한번 반복될 뿐이다.

이번에는 당하지 않겠다는 듯 인테르는 수비진을 빠르게 정리했다. 그들은 수비 라인을 뒤로 뺐지만, 오히려 그건 실책에 가까운 판단이었다.

브레노가 낮게 찌른 땅볼 크로스는 그들의 뒤 공간이 아닌, 앞으로 흘렀으니까.

—자비처어어어!

반대쪽 측면까지 흘러가는 공을 자비처가 논스톱 슈팅으로 마무리했다.

쾅!

대포알 같은 슈팅이 골대 오른쪽 구석을 향해 쏘아졌다.

인테르의 레전드이자 오늘도 골키퍼 장갑을 낀 한다노비치가 바로 몸을 날렸지만, 슈팅의 속도가 너무나도 빠르다.

손을 뻗었을 때 공은 이미 골라인을 넘어선 뒤였다.

—고오오올! 공을 그대로 때려 버리는 자비처!

—다시 한번 골을 추가한 라이프치히! 스코어는 2 : 0!

골과 함께 원지석이 주먹을 높이 들어 올렸다. 그러고선 슬쩍 관중들을 보았다. 스타디오 주세페 메아차를 가득 채운 그들은 일제히 입을 다물었다.

"으아아!"

자비처의 포효가 높이 울렸다.

그는 왼쪽 가슴의 엠블럼을 거칠게 두들기며 포효했다.

인테르의 악재는 거기서 멈추지 않았다. 기어코 팀의 주장이자, 핵심 스트라이커인 이카르디가 교체를 해달라는 신호를 보낸 것이다.

―아, 갑자기 주저앉은 이카르디가 벤치를 향해 신호를 보냅니다.

―결국 폭탄이 터진 거 같군요.

스팔레티 감독의 얼굴이 썩은 쓸개를 씹은 것처럼 구겨졌다.

비록 이카르디가 부진한 모습을 보였다고 해도 그가 주는 무게감은 달랐다. 인테르의 공격은 시간이 지날수록 무뎌졌으며, 결국 후반에 이르러선 하프라인을 넘어서지 못하는 중이었다.

우우우우!

관중들의 야유는 이제 라이프치히를 향하지 않았다. 그들의 팀인 인테르를 향했지.

'엿 됐군.'

스팔레티가 본인의 매끈한 머리를 한 번 문질렀다. 식은땀으로 축축한 게 느껴졌다.

그의 도박은 실패로 돌아갔다.

이제는 그 대가를 기다려야 할 뿐.

―차라리 이카르디를 후반 조커로 기용했으면 어땠을까 싶었지만, 이제는 아무 의미가 없는 가정이군요.

—네. 교체로 들어간 선수들 역시 아무것도 하지 못하고 있습니다.

라이프치히는 중원을 확실하게 장악하며 인테르의 숨통을 조였다. 특히 이번 경기는 벨미르의 영향력을 확인할 수 있는 경기이기도 했다.

"빨리 복귀하라고!"

베르나르두의 빈자리를 대신 커버한 벨미르가 버럭 소리를 질렀다.

같은 말을 하려던 원지석이 그 모습을 보며 피식 웃는 모습이 카메라에 찍혔다.

삐이익!

그렇게 경기가 끝났다.

라이프치히는 챔피언스리그 본선행을 확정 지었으며, 인테르는 남은 경기 동안 힘겨운 싸움을 이어나가게 되었다.

「[키커] 라이프치히, 본선을 확정 짓다!」

「[빌트] 주세페 메아차를 평정한 동독의 왕!」

한편 빌트는 꽤 자극적인 제목을 뽑으며 사람들의 이목을 집중시켰다.

사진에는 인테르 선수들을 노려보는 벨미르의 모습이 실렸다. 캐릭터 하나는 확실한 녀석이었다.

「[빌트] 제2의 벨미르는?」

원지석은 약속대로 남은 챔피언스리그 경기에서 유망주들에게 기회를 주었다.

거기서 생각보다 좋은 퍼포먼스를 보인 녀석들이 있었는데, 팬들과 언론들은 벌써부터 설레발을 치며 유망주들에게 제2의 누구누구라는 수식어를 붙이는 중이었다.

"그런 말은 별로 좋아하지 않습니다. 때로는 선수들에게 무거운 족쇄가 될 수 있거든요."

원지석은 그런 일에 부정적인 반응을 보였다.

지금까지 많은 유망주들이 그런 딱지를 떼지 못하고 사라졌다.

괜한 부담감, 괜한 자만심을 심어줄 뿐 성장에는 긍정적인 효과를 기대하기 어렵기에 원지석은 유망주들을 더욱 엄하게 관리했다.

「[키커] 전반기를 무패로 마감한 라이프치히!」

한편 라이프치히는 전반기를 무패로 끝내며 사람들의 주목을 받았다.

모든 경기에서 승리를 거두지는 못해도, 그 퍼포먼스는 압도적이다. 자연스레 팬들은 하나의 가능성을 점쳤다.

혹시나.
이번엔 정말로.

「[키커] 라이프치히의 무패 우승 가능성은?」

무패 우승.
그 기적적인 가능성을.

    *   *   *

무패 우승.
아무리 강팀이라 해도, 그 긴 시즌 동안 단 한 번도 지지 않는 것은 불가능에 가깝다.
그럼에도 그 불가능을 이룬 팀이 있다.
사람들이 흔히 말하는 '빅리그' 중, 90년대 이후로 한정할 경우.
지금까지 단 세 팀.
세 팀만이 그 영광을 맛볼 수 있었다.
EPL에선 뱅거의 전성기를 화려하게 장식한 아스날이, 이탈리아의 세리에 A에선 아리고 사키의 AC 밀란과 부활을 알린 콘테의 유벤투스가.
분데스리가는 아직까지 무패 우승이 없다.
물론 무패 우승에 가까웠던 팀은 있었다.

다름 아닌 12/13시즌, 트레블을 기록했던 바이에른이.

그들은 승점 91이라는 최다 승점을 기록했지만, 단 한 번의 패배를 당하며 아쉬움을 삼켰다.

「[키커] 여태껏 단 한 번의 무승부, 라이프치히의 무패 우승 가능성은?」

그들은 지금까지 단 한 번의 무승부를 기록했다. 바로 바이에른과의 원정경기에서 극적으로 거둔 무승부 말이다.

그리고 그 무승부를 기점으로.

라이프치히는 이후 분데스리가에서 단 한 번의 패배도, 무승부마저 기록하지 않았다.

즉, 모든 경기를 이긴 것이다.

이 놀라운 퍼포먼스는 사람들이 라이프치히의 무패 우승을 점치기에 충분한 근거가 되었다.

「[빌트] 이번엔 어쩌면?」

점점 고조되는 사람들의 시선 속에서.

원지석은 어깨를 으쓱였다.

"쓸데없는 환상에 정신이 팔리는 것보단, 당장 있을 경기를 신경 쓰는 게 낫겠죠."

"꽤나 냉소적인 반응인데요? 무패 우승에 대해 별로 관심이 없으신가요?"

대답 대신 음료 뚜껑이 열렸다.

목을 축인 원지석이 괜히 팔목에 걸린 시계를 확인했다. 슬슬 기자회견을 끝낼 때였다.

첼시에서도 그렇고, 항상 시즌마다 반복했던 이야기이다 보니 지겹기만 했다.

"시즌이 끝나기 전까진 의미가 없는 가정이니까요. 지금까지 많은 팀들에게 무패 우승이 가능성이 점쳐졌고, 라이프치히 역시 그랬죠."

원지석이 라이프치히에 부임하고 세 번째 시즌이 되었을 때였다.

브레노와 벨미르가 독일 무대에 완전히 적응하고, 기존의 선수들 역시 포텐을 터뜨리니 라이프치히는 그 어느 때보다 무서운 퍼포먼스를 뽐냈다.

사람들은 그때도 무패 우승을 점쳤지만, 결국 의미 없는 설레발이었다.

설마 강등권 팀에게 질 줄 누가 상상이나 했을까.

"현실적인 목표는 무패가 아닌 최다 승점입니다."

원지석의 그런 말에도 불구하고.

최근 분데스리가엔 묘한 기류가 흘렀다.

그들에게 공통적인 목표가 생긴 것이다.

「[키커] 분데스리가 팀들의 새로운 목표, 라이프치히의 무패 우승을 저지하라!」

바로 라이프치히의 우승을 저지하는 것.

정확히는 무패 우승이지만, 같은 말이 아니겠는가.

그들은 거대 기업을 등에 업으며 생태계를 교란하는 저 외래
종이 마음에 들지 않았다. 가뜩이나 그런 상황에서 무패 우승
이라니, 자존심이 구겨질 일이었다.

—아! 또다시 거친 태클을 날리는 로빈 코흐!

—쓰러진 세리가 고통을 호소합니다!

SC 프라이부르크와의 경기였다.

드리블을 하던 세리에게 스터드를 든 태클이 들어갔고, 그라
운드는 아수라장으로 변했다.

선수들을 진정시킨 주심이 가슴팍의 주머니에 손을 가져갔
다.

공이 아닌 다리를 노린 태클이었기에 충분히 레드카드가 나
올 상황이다. 하지만 심판이 꺼낸 카드는 노란색이었다.

"시발, 옐로카드? 지금 장난해!"

"벨미르, 한 번만 더 그러면 너까지 경고야."

팀의 주장인 벨미르가 심판에게 격한 항의를 하다 주의를
들었다. 그 말이 오히려 계기가 되었는지, 멍한 표정을 짓던 벨
미르의 얼굴이 구겨졌다.

"미친 새끼가!"

"참아!"

오늘 비슷한 태클을 당했음에도 화를 내지 않았던 벨미르가 폭발하려 하자, 다른 선수들이 달려와 녀석을 멀리 떨어뜨렸다.

―아! 코흐가 옐로카드를 받습니다!

―오늘 주심의 판정은 추후 논란이 생기겠군요.

논란이 될 판정에 라이프치히의 벤치 역시 술렁였다.

특히 케빈이 대기심에게 항의하려고 뛰쳐나가려는 걸, 원지석이 붙잡는 장면이 중계 카메라에 잡혔다.

"왜! 나라도 가서 항의해야지!"

"케빈."

스산한 목소리에 케빈이 어깨를 흠칫 떨었다. 동시에 어깨를 잡은 손이 아플 정도로 조여오는 걸 느꼈다.

"가만있어요."

안경 너머 원지석의 눈이 흉흉하게 빛났다.

그라고 해서 화가 나지 않겠는가.

다만, 지금은 말을 해봤자 아무 소용이 없다는 걸 알고 있었다.

결국 원지석은 부상 가능성이 있는 세리를 빼고 오귀스탱을 교체로 투입시켰다.

경기 자체는 분풀이를 하듯 벨미르와 오귀스탱이 골을 넣으며 라이프치히의 승리로 끝났다.

―원 감독의 얼굴이 굉장히 좋지 못하군요.
―웃을 수가 없는 상황이죠?

하지만 원지석의 얼굴은 펴지지 않았다.

프라이부르크의 감독이 악수를 위해 내민 손을 무시한 그가 터널을 향해 걸었다.

원지석은 라커 룸에서 선수들의 어깨를 조용히 두드렸다. 고된 싸움이란 걸 증명하듯 녀석들의 꼴은 말이 아니었다.

"이건 이상한 상황입니다."

경기가 끝난 뒤에 가져진 기자회견에서도 역시, 그의 얼굴은 차갑게 굳은 상태였다.

"라이프치히의 우승을 막겠다… 단순히 그런 거라면 상관없겠죠. 하지만 그들은 종목을 착각한 거 같군요."

콰직.

비어버린 페트병을 구긴 그가 으르렁거리듯 말을 이었다.

"그들은 공이 아닌 선수들을 걷어찼습니다. 이번에만 그런 게 아니라, 저번 경기도, 지지난번 경기도 그랬죠."

그때까지만 하더라도 라이프치히는 심판에게 격한 항의를 했었다.

하지만 돌아온 건 심판의 권위를 무시했다는 경고일 뿐. 오늘 케빈을 말린 이유 역시 그래서였다.

"웃긴 상황이에요. 당장 내일부터 리그 이름을 분데스리가가 아닌 UFC로 바꿔야겠네요."

차디찬 조롱을 남긴 원지석이 떠났다.

퇴장하는 그의 모습을, 기자들은 멍하니 볼 수밖에 없었다.

「[키커] 결국 폭발한 라이프치히의 감독!」

「[빌트] 비난을 받는 프라이부르크」

원지석이 남긴 말은 꽤나 큰 파장을 남겼다.

애초 모든 팀들이 그렇진 않았고, 모든 분데스리가 팬들이 그런 플레이를 좋아하진 않는다.

심지어 라이프치히를 싫어하는 사람들마저 최근의 분위기를 비판할 정도였다.

「[TZ] 나겔스만, 광기에 취한 분데스리가를 꼬집다」

결국 바이에른의 감독인 나겔스만마저 현 상황을 비판하기에 이르자 거칠었던 분위기도 가라앉게 되었다.

"후우."

경기가 끝난 것과 동시에 원지석이 한숨을 쉬었다.

최근 그러한 일의 영향인지, 오늘 경기의 주심은 바로바로 휘슬을 불며 경기가 과열되지 않도록 날이 선 모습을 보였다.

승리를 거둔 라이프치히 선수들이 관중들에게 손을 흔들었다. 그들은 입고 있던 유니폼을 어린아이에게 주거나, 정강이 보호대를 대신 주기도 했다.

　'이제 챔피언스리그인가.'

　어느덧 그들은 챔피언스리그 4강까지 올라선 상황.

　이번에 만나게 된 상대는 라이프치히에게도 익숙하면서도 낯선 상대였다.

　샬케.

　리그에서는 매번 만났던 그들을, 챔피언스리그에선 처음 만나게 되었으니까.

　「[데어 베스텐] 팀을 4강으로 올린 테데스코!」

　「[데어 베스텐] 테데스코, 우리는 결승까지 갈 수 있다」

　현재 샬케의 감독인 테데스코는 보드진과 팬들에게 절대적인 지지를 받는 중이었다.

　비록 바이에른과 라이프치히가 어마어마한 퍼포먼스를 보여주기에 우승을 하진 못했지만, 팀을 계속해서 챔피언스리그로 이끌며 좋은 퍼포먼스를 보여줬기 때문이다.

　거기다 이번 시즌은 팀을 챔피언스리그 4강으로 올렸다.

　샬케가 챔피언스리그에서 가장 좋은 성적을 거둔 게 4강이었던 만큼, 이번엔 더 높은 기록을 거둘 거란 기대감에 부풀었다.

「[키커] 라이프치히 팬들을 불안하게 만드는 4강 징크스」

분데스리가에선 샬케를 상대로 더 높은 승률을 보였지만, 팬들은 안심하지 못하고 있었다.

팀의 퍼포먼스가 가장 좋을 때도, 좋지 못할 때도 4강은 간다.

그것만으로 대단하다 할 수 있겠지만 문제는 4강의 벽을 넘지 못한다는 거였다. 마치 그게 한계라도 된다는 것처럼.

"어떤 시즌이라도 우리는 항상 우승을 위해 싸웠습니다. 이번에도 다를 건 없죠."

"4강이 끝나면 곧 분데스리가도 마지막을 준비하게 됩니다. 그 상대가 바이에른이라는 점에 대해 하실 말씀은?"

원지석의 마지막이라 할 수 있는 시즌.

운명이란 게 있다고 해야 할지.

그 상대는, 바이에른이었다.

아직까지 라이프치히는 단 한 번의 패배도 당하지 않았다. 바이에른으로선 우승을 하지 못하더라도 그들의 영광에 재를 뿌릴 수 있는 상황.

"기대가 됩니다. 팬들에겐 흥미로운 경기가 되겠네요."

하지만 현재 라이프치히 팬들에게 중요한 건 바이에른이 아니었다.

「[데어 베스텐] 운 좋은 승리를 거둔 샬케!」

「[키커] 라이프치히의 결승행에 암운이 끼다」

혹시나 한 게 역시나.

1차전에서 라이프치히가 패배를 당한 것이다.

골 장면을 보면 팬들에겐 어이가 없어 헛웃음이 나올 장면이었다.

공중볼을 다투던 중 라이프치히의 수비수들끼리 충돌하며, 완전한 득점 찬스를 얻은 샬케가 골을 넣었으니까.

스코어는 1 : 0.

그것도 뼈아픈 원정골이었다.

물론 역전이 가능한 스코어지만, 테데스코는 실리를 중시하는 감독이다. 그들의 수비를 뚫는 건 분명 쉽지 않을 터.

"여기서 지면 다 각오해."

원지석의 으름장과 함께 라이프치히 선수들은 샬케의 홈인 펠틴스 아레나로 떠났다.

―라이프치히와 샬케의 운명이 걸린 결승전입니다.

―여기서 이긴 팀은 구단 역사상 최초로 챔피언스리그 결승전에 오르게 되죠?

두 팀의 선수들 모두 비장한 얼굴로 터널을 지나며 그라운드로 입장했다.

약 62,000명을 수용 가능한 펠틴스 아레나에는 빈 좌석을 찾기 힘들 정도로 많은 사람들이 몰렸다. 그들은 사상 첫 결승전을 꿈꾸며 엄청난 응원을 보냈다.

―양 팀의 라인업입니다.
―테데스코 감독이 좋은 평가를 받는 이유죠? 막스 마이어가 빠졌음에도 놀랍도록 재정비가 잘된 스쿼드네요.

많은 선수들이 바뀌었지만, 핵심적인 뼈대는 그대로다.
팀의 레전드이자 언제나 골문을 든든히 지켰던 랄프 페어만은 오늘도 골키퍼 장갑을 꼈고.
나우두가 은퇴한 자리에는 나스타시치와 스탐불리가 대신했으며.
중원에는 바이에른에서 자리를 잡지 못하고 이적한 세르쥬 나브리와 제바스티안 루디가 섰고, 최전방에는 브릴 엠볼로와 부르크슈탈러가 투톱을 형성했다.
나브리와 루디를 제외하곤 모두 오랫동안 테데스코의 지도를 받던 선수들이다.
그중에서도 가장 눈에 띄는 선수를 꼽자면 엠볼로가 있었다. 이번 시즌에 들어서 드디어 밥값을 한다는 그가.

―이에 맞서는 라이프치히의 스쿼드입니다.
―원 감독이 조금 변화를 주었군요?

라이프치히는 442 전술을 꺼냈다.

포백으로는 브레노, 우파메카노, 히메네스, 베르나르두가.

중원에는 포르스베리, 세리, 벨미르, 자비처가.

최전방에는 밀린코비치—사비치와 베르너가 섰다.

그동안 중앙미드필더로 뛰었던 사비치가 처음으로 최전방에 이름을 올린 것이다.

—높이를 원한 선택으로 보이죠?

—더군다나 라치오 시절에는 처진 공격수 역시 소화하던 사비치니까요.

카메라가 사비치를 잡았다.

그걸 아는지 모르는지 침을 퉤 뱉은 그가 코 밑을 쓱 문질렀다.

삐이익!

결승을 원하는 두 팀의 대결이 시작되었다.

40 ROUND
황소는 멈추지 않는다

경기가 계속 진행되면서.

양 팀의 전술 차이는 극명하게 나뉘었다.

먼저 테데스코 감독은 쓰리백을 꺼내며 수비를 두텁게 만들었다. 스탐볼리, 나스타시치, 회베데스로 이어지는 쓰리백은 파워풀하면서도 쉽게 흔들리지 않았다.

그들은 분데스리가에서 가장 위협적인 스트라이커를 막기 위해 필사적으로 움직였다.

ㅡ베르너의 슈우우웃!

ㅡ스탐볼리가 몸을 던지며 걷어냅니다!

이번 시즌에도 득점왕이 유력한 베르너가 측면으로 빠지며 슈팅을 때린 걸, 스탐불리가 슬라이딩태클로 걷어냈다.

본래 미드필더였던 그는 테데스코 체제에선 센터백으로 포지션을 변경하며, 샬케가 단단한 수비진을 구축하는 데 큰 힘을 보탰다.

─멀리서 슈팅을 때려보는 자비처! 하지만 랄프 페어만이 잡아내네요!

라이프치히는 그런 샬케의 수비진을 뚫기 위해 계속해서 공격을 퍼부었다.

수비진을 뚫어보고, 멀리서 때려보고, 세트피스 상황에서 헤딩도 해보았지만.

팀의 수문장인 랄프 페어만은 1차전에 이어 신들린 선방을 보여주며 무실점을 유지시켰다.

"좀 더 들어가!"

터치라인에 서 있던 원지석이 팀의 윙어들에게 소리를 질렀다.

그 말을 들은 포르스베리와 자비처가 고개를 끄덕이며 전진했다. 사실상 424에 가까운 형태로, 사비치의 움직임에 따라 433에서 4231의 포메이션으로 바뀔 것이다.

─아, 라이프치히의 움직임에 맞춰 샬케의 윙백들 역시 높이

올라가는군요?

─측면이 헐거워진 만큼 윙백들을 통해 역습을 노리겠다는 뜻으로 보입니다.

테데스코 역시 예상했다는 듯 전술적인 변화를 주었다.

샬케의 주전 윙백들인 쇠프와 칼리주리는 폭 넓은 활동량으로 공격과 수비에 가담했다.

특히 칼리주리를 통해 나브리, 부르크슈탈러로 이어지는 공격 전개는 꽤나 매서웠고.

"나브리!"

그때 테데스코가 나브리를 불렀다.

기회를 놓치고선 멋쩍게 머리를 긁적이던 나브리가 고개를 끄덕이며 다가갔다.

"조금 더 높이 올라가. 아까 라커 룸에서 말했던 대로 바뀔 거니까. 다른 애들한테도 말해주고."

터치라인을 경계선으로 두며 새로운 지시를 하던 테데스코가, 무언가 이상함을 느끼고선 눈을 끔벅 떴다.

언제 왔는지.

슬쩍 귀를 기울이며 고개를 끄덕이는 벨미르가 있었기 때문이다.

"저 새긴 또 뭐야?"

그 지적에 벨미르가 뻔뻔한 얼굴로 엄지손가락을 들었다.

쿨하게 사라지는 녀석을 보며 어안이 벙벙해진 테데스코의 모습이 카메라에 찍혔다.

　—하하, 은근슬쩍 끼어들었던 벨미르가 자연스레 빠지는군요?
　—왕이 염탐을 했네요.

　주장의 돌아이 같은 행동에 라이프치히 선수들 역시 경악스
러운 반응을 보냈다. 그러면서도 은근슬쩍 묻는 것을 잊지 않
았다.
　"무슨 말 했어?"
　"그냥. 지들끼리 알아먹을 말만 하더라고."
　동료들의 물음에 벨미르가 어깨를 으쓱였다.
　샬케의 라커 룸에서 무슨 말을 했는지 그가 어찌 알겠는가.
　"그래도."
　쓰읍, 이를 드러내며 웃은 벨미르가 목을 풀며 말했다.
　"어려울 건 없겠어."
　라이프치히의 벤치를 향해 고개를 돌리니 감독인 원지석과
눈이 마주쳤다. 고개를 끄덕이는 그 모습에 라이프치히 선수들
의 눈빛이 바뀌었다.
　슬슬 기어를 바꿔볼까.
　라이프치히의 골킥과 함께 경기가 재개되었다.

　—베르나르두를 본 우파메카노!
　—아주 정확한 패스군요!

우파메카노가 멀리 찌른 롱패스는 측면의 베르나르두에게
닿았고, 잠시 공을 멈춰 세운 베르나르두가 강한 크로스를 올
렸다.

크로스는 곧장 페널티에어리어를 향했다. 하지만 이미 샬케
의 쓰리백이 자리를 잡고 있는 상황.

자비처와 베르너가 수비수들 사이에 있지만 헤딩을 하기에
좋은 위치는 아니다.

하지만 센터백들 앞에서 서성거리던 선수가 있었다. 192cm라
는, 눈에 띄게 큰 선수가.

"사비치!"

누구의 외침인지도 모를 혼전 속에서.

공에서 눈을 떼지 않은 사비치가 높게 점프했다.

퉁!

회베데스와 루디가 헤딩 경합을 하려 했지만 살짝 늦었다.
공은 이미 사비치의 머리를 떠났으니까.

포물선을 그리며 떨어지는 공과 함께, 수비 라인을 뚫은 선
수가 있었다.

티모 베르너.

수비 라인을 깨는 데 장인이라 불리는 그가 한 박자 먼저 자
리를 잡았다.

—베르너어어!

공이 떨어지는 것을 가늠한 베르너가 쓰러지듯 몸을 뉘었다.

동시에 한 손으로 바닥을 짚은 그가, 내려치듯 슈팅을 때리자 발끝에서 묵직한 느낌이 들었다.

'시발.'

골키퍼인 랄프 페어만이 속으로 욕지거릴 내뱉었다.

아래쪽 구석을 향해 몸을 던졌는데, 잔디에 한 번 튕긴 슈팅이 그대로 높이 떠오른 것이다.

자연스레 눈이 공을 좇았다.

혹시나 싶어 한쪽 다리를 높이 들었지만, 공에 닿는다는 기적은 일어나지 않았다.

―아아아! 골입니다 고오올!

―베르너의 환상적인 발리슛! 기어코 동점을 만들어냅니다!

지금까지 계속해서 팀을 구해낸 랄프 페어만이지만, 이런 상황은 어쩔 수 없다.

아쉬움에 바닥을 때리는 그를 뒤로한 베르너가 몸을 일으켰다.

베르너는 활짝 웃으며 왼쪽 가슴에 새겨진 엠블럼에 입을 맞추었다.

원지석 역시 불끈 쥔 주먹을 높이 들었다.

이제 샬케가 1차전에서 넣은 원정골은 의미가 없다. 만약 라이프치히가 한 골이라도 더 추가할 경우, 샬케의 부담은 매우 심해질 터.

'이 기회를 놓쳐선 안 돼.'

라이프치히는 계속해서 샬케를 몰아붙였다.

첫 골에 기선을 제압당한 것인지, 샬케의 수비진도 당황하는 모습이 역력했다.

삐이익!

그런 샬케를 구한 건 다름 아닌 전반 종료를 일리는 휘슬이었다.

"후우!"

테데스코가 자기도 모르게 한숨을 쉬며 이마를 훔쳤다. 식은땀으로 흥건해진 손바닥이 보였다.

전반전이 끝나기 전, 사비치의 헤딩슛이 골대를 맞고 팅길 땐 자기도 모르게 벤치에서 벌떡 일어나고 말았다.

"질 수 없지."

어떻게 온 4강인가.

그는 스스로에게 속삭이며 라커 룸으로 돌아갔다.

* * *

"질 수 없다."

원지석은 라커 룸에 모인 선수들을 보며 그렇게 말했다.

전반전이 끝나기 전에 한 골을 더 넣었다면 좋았겠지만, 이제는 남은 45분을 신경 써야 할 때다.

"남은 45분은 굉장히 힘들 거니까 각오해 둬."

샬케는 더욱 수비적인 역습을 선택할 터였다. 어쩌면 승부차기를 노릴지도 몰랐고.

그에 맞춰 새로운 지시를 선수들에게 알려준 원지석이 마지막으로 입을 열었다.

"연장전이 오기 전에 끝낸다."

단호한 말이었다.

라이프치히가 이기거나 져도.

연장전에 돌입한다면 테데스코가 판 함정에 발을 집어넣는 꼴이다.

"할 수 있다. 가자."

후반전이 시작되었다.

한숨을 쉬며 휘슬 소리를 기다리던 양 팀의 선수들이 빠르게 움직였다.

원지석의 예상대로 샬케는 매우 수비적인 전술을 꺼냈다. 양 윙백들의 공격 가담을 최소화하며 수비를 두텁게 만들었다.

―샬케는 나브리, 엠볼로, 부르크슈탈러를 제외하곤 모두 라인을 내린 상황입니다.

―과연 라이프치히가 저 두꺼운 수비벽을 뚫을 수 있을까요?

라이프치히는 그들을 가둬두다시피 몰아넣으며 공격을 퍼부었다.

그럼에도 그들의 골문은 쉬이 열리지 않았다. 겹겹이 걸어 잠근 자물쇠 같은 느낌을 줄 정도로.

—멀리서 때려본 세리의 슈팅이 아슬아슬하게 빗나갑니다!
—라이프치히 팬들의 얼굴이 점점 어두워지는군요!

경기는 지루했지만.

누군가에겐 속이 타들어가는 경기였다.

바로 양 팀의 팬들이 그랬다.

"제발."

펠틴스 아레나의 모든 관중들이 간절한 얼굴로 그라운드를 보았다.

구단 역사상 첫 챔피언스리그 결승전.

조금 더 욕심을 내면, 빅이어까지.

유럽 축구 역사에 그들의 이름을 새길 찬스인 것이다.

라이프치히의 원정 팬들은 아예 두 손을 잡고 기도를 하는 중이었다.

"제발!"

그게 어떤 신이든 좋았다.

그들을 결승으로 이끌어만 준다면.

하지만 그들의 얼굴은 절망으로 일그러지고 말았다.

─고오오올! 결국 골을 터뜨리는 세르주 나브리!

─한 점 앞서 나가는 샬케! 스코어는 2 : 1! 이 골은 치명적입니다!

경기 시간은 어느덧 89분.

역습을 틈탄 샬케가 골을 터뜨렸다.

롱패스를 받은 엠볼로가 측면에서 공을 운반했고, 페널티에어리어 앞에서 찌른 크로스를 나브리가 마무리하며 환상적인 역습을 완성했다.

와아아!

펠틴스 아레나가 환호에 잠겼다.

설마 하던 결승전이다. 꿈에 그리던 결승전이다!

그리고 설마 하던 징크스에 발목이 잡힌 라이프치히 팬들의 눈시울이 붉게 물들었다. 금방이라도 울음을 터뜨릴 것 같은 그들의 모습이 카메라를 통해 전해졌다.

'됐어.'

벤치에 있던 테데스코 감독이 미소를 지었다.

수비를 하는 것도 굉장한 집중력과 체력이 필요하다지만, 라이프치히는 역습을 대비하며 샬케보다 더 많은 활동량을 가져갔다.

즉, 그들은 이미 한계에 달했다.

거기다 추가시간은 2분.

사실상 끝난 경기다.

그런 상황에 테데스코는 선수교체로 시간을 끌기 위해 대기심과 이야기를 나누는 중이었다.

—으아아! 벨미르으으!
—아아아!

중계진의 괴성을, 그는 듣지 못했을 테지만.

모든 관중들은 공을 향해 뛰어가는 선수를 멍하니 보았다.

두껍게 쌓아진 수비벽을 앞에 둔 벨미르가 세컨드 볼을 차기 위해 발을 들었다.

쾅!

강하게 때려진 슈팅.

나브리가 슬라이딩태클을 하며 걷어내려 했지만 공이 더 빨랐다.

자물쇠를 풀어내는 열쇠처럼, 슈팅은 수비진을 한 겹씩 벗겨냈다.

마침내 마지막 수비인 골키퍼만이 남은 상황.

한 박자 늦게 슈팅을 발견한 랄프 페어만이 그 공을 보았다.

하지만 몸을 던지기엔 늦었다.

공은 이미 골문 구석으로 빨려 들어간 뒤였으니까.

—고오오오오올! 이럴 수가 있나요! 팀의 주장인 벨미르가 기적을 만들어냅니다!

몇 초 전까지 경기장을 흔들던 관중들의 열기가 거짓말처럼 차갑게 식었다. 반면 라이프치히의 원정 팬들은 미친 듯이 소리를 질렀다.

신은 그들의 기도에 응하지 않았다.

하지만 그들에게 다가오는 저 사람은.

동독의, 라이프치히의 새로운 왕은 달랐다.

골을 넣은 벨미르가 원정 팬들이 있는 곳까지 달려가 오연한 얼굴로 그들을 보았다. 팬들은 그 모습에 숨이 넘어가듯 엄청난 반응을 보였다.

벨미르! 벨미르!

동독의 왕!

그 연호에 녀석이 흡족한 얼굴로 등을 돌렸다.

등번호 18번과 그 위에 적힌 벨미르란 이름은, 오늘 경기를 본 팬들에겐 절대 잊을 수 없는 모습이었다.

삐이익!

경기는 그대로 끝.

합산 스코어는 2 : 2로, 두 개의 원정골을 기록한 라이프치히의 극적인 승리였다.

"졌군요."

테데스코는 허탈한 얼굴로 원지석과 악수를 나누었다. 다 이긴 경기를 놓쳤으니 굉장히 아쉬울 수밖에.

"이번 시즌에 들어, 가장 힘겨운 경기였습니다."

원지석의 말에 테데스코가 피식 웃음을 터뜨렸다. 나름의 위로일까. 하지만 가슴에 구멍이 난 것 같은 허탈함은 채워지지 않았다.

언젠가는.

눈앞의 남자를 이기고 싶었다.

테데스코는 강한 열망을 담아 말했다.

"당신이 분데스리가를 떠나도, 언젠가는 챔피언스리그에서 만나게 되겠죠. 그때는 다를 겁니다."

"…기대하죠."

원지석 역시 진지한 얼굴로 고개를 끄덕였다.

이렇게 둘의 마지막 인사가 끝났다.

그는 걸음을 옮겨 원정 팬들을 향해 다가갔다.

환호가 더욱 커졌다. 그들은 오늘의 기적을 만들어낸 감독에게도 아낌없는 박수를 보냈다.

5번의 도전, 4번의 실패.

이제야 겨우.

라이프치히는 챔피언스리그 결승에 올라서게 되었다.

*　　　　*　　　　*

「[키커] 시속 180㎞! 동독의 왕이 쏜 대포알 슈팅!」

「[빌트] 라이프치히, 사상 첫 챔피언스리그 결승전 진출!」

기적이 일어났다.

라이프치히 팬들에게 있어 그런 말이 어울리는 경기였다.

샬케의 추가골이 터지고, 추가시간에 접어들 때만 하더라도 팬들은 사실상 체념하던 상황이었다.

결국 이번에도 4강이란 벽을 넘지 못하는 건가 싶었을 때, 극적으로 터진 벨미르의 골은 모든 것을 바꾸었다.

마지막 찬스에서.

마지막 슈팅으로 이어진 골.

평소 벨미르를 미심쩍어하던 사람들도 그 순간만큼은 그를 왕이라 칭송했다.

"경기가 끝날 때까지 멈추지 않았습니다. 그거뿐이죠."

연이어진 인터뷰는 화룡점정이 되어 팬들의 감동을 불러일으켰다.

이제 그들에게 있어 이 어린 주장은 미덥지 않은 선수가 아니다. 최고의 주장이었지.

거기다 최근 보여주는 언행은 어찌나 사랑스럽던지, 이제 온라인 커뮤니티에서 벨미르를 비판하는 글은 찾아볼 수 없을 정도였다.

「[마르카] 챔피언스리그 결승전의 주인공들이 정해지다」

다른 곳에서 열린 4강전 역시 결과가 나왔다.

레알 마드리드.

세계 최고의 팀 중 하나이자, 결승전에서 그들이 상대해야 될 팀이었다.

'또 레알인가.'

원지석이 가장 먼저 느낀 점은 그거였다.

생각해 보면 묘한 인연이었다.

그 오르기 어렵다는 챔피언스리그 결승전에서만 무려 세 번이다.

두 시즌 연속으로 만났던 첼시 시절과, 이번 시즌까지 합치면 총 세 번이었으니까.

'바뀐 게 없진 않지.'

물론 많은 게 바뀌었다.

원지석은 더 이상 첼시 감독이 아니었고.

현재 레알 마드리드의 감독 역시 지단이 아니다.

팀의 보드진이 너무나 아꼈던 지단이라 해도 성적 부진 앞에선 어쩔 도리가 없다.

이후 많은 감독들이 그 후임으로 지목되었는데, 원지석 역시 언론이 지목한 후보 중 한 명이었다.

"레알에서 얼마를 준다고 했지?"

"글쎄요. 금액은 확인하질 않아서."

케빈의 물음에 원지석이 어깨를 으쓱였다. 실제로 레알의 페레즈 회장이 접촉을 시도한 적이 있었다. 하지만 그는 자세한 조건을 듣지도 않고 그 제의를 거절했다.

이후 레알은 새로운 감독을 선임하고, 얼마 못 가 경질하는 걸 반복하며 과도기를 겪었다.

'그리고 혼란스러운 팀을 수습한 게.'

원지석이 화면을 정지시켰다.

타이밍 좋게 한 남자의 모습이 잡혔다.

이목구비가 짙은 미남이었다. 80년대 배우 같은 느낌마저 들었다.

"재수 없는 새끼."

퍽 좋은 사이는 아닌지 케빈이 이를 드러내며 으르렁거렸다.

전에 말하길, 올리브오일을 다섯 통이나 처먹어야 나올 수 있는 기름짐이라 했던가.

원지석이 쓴웃음을 지으며 남자를 보았다. 그 역시 모를 수가 없는 감독이다.

오르텐시오 베나벤티.

바로 지난 시즌, 챔피언스리그 4강에서 원지석을 꺾은 AS 모나코의 감독이었으니까.

"이번에도 질 수는 없죠."

입가를 만지던 원지석이 말했다.

서두를 필요는 없다.

결승전까지는 주어진 시간은 적지 않았다.

"지금으로선 눈앞의 경기에 집중해요."

"그러자고."

그 말에 케빈이 조용히 고개를 끄덕였다. 어느덧 분데스리가도 막바지에 이른 지금, 그들의 여정도 마지막을 준비하고 있었다.

「[키커] 운명이 걸린 한판」

「[빌트] 모두가 숨죽이는 분데스리가 마지막 라운드!」

분데스리가를 보는 사람들은, 아니, 세계의 축구 팬들이 그
들의 마지막 경기를 기다렸다.

단순히 그 상대가 바이에른이라서?

아니. 그것만으로는 이 정도의 관심을 받지 못했을 것이다.

이렇게까지 많은 주목을 받게 된 이유로는 라이프치히가 이
번 시즌 걸어온 행보가 주요했다.

「[키커] 분데스리가가 사상 첫 무패 우승, 가능할까?」

라이프치히는 이번 시즌 분데스리가에서 단 한 번도 패배하
지 않았다. 더군다나 무승부 역시 단 한 번뿐.

만약 이번 바이에른전에서 승리하게 된다면, 라이프치히는
많은 것을 얻게 된다.

최다 연승 신기록.

최다 골 득실 신기록.

그리고 분데스리가가 최초의 무패 우승과 함께, 승점 100점이
라는 경이적인 최다 승점 수립.

사실 최다 연승 자체는 이미 경신을 했다. 펩 과르디올라의
바이에른이 세웠던 19연승을 깨고, 만약 마지막 경기에서 승리

를 한다면 22연승이란 기록을 세우게 된다.

현재 라이프치히의 성적은 32승 1무.

만약 그들이 1승을 추가한다면, 분데스리가 역사상 전례 없는 최강의 팀이 탄생하게 된다.

"시즌을 가장 훌륭히 마무리하는 방법이겠군요."

무패 우승에 대해 부정적이었던 원지석 역시 턱을 긁적이며 그런 말을 했다.

설마 이런 상황이 올 줄이야. 많은 트로피를 들었던 그로서도 처음이었다.

"물론 경기에서 진다고 해도 문제 될 건 없습니다. 여기까지 함께한 선수들은 그 무엇보다 빛났으니까요."

무패 우승을 하지 못한다고 해서 그 노력이 폄하될 이유는 없다.

원지석은 그 점을 강조했다.

한편 경기의 포커스는 라이프치히에게만 맞춰지지 않았다. 원정팀인 바이에른에게도 적지 않은 스포트라이트가 쏟아졌다.

「[키커] 불운한 나겔스만」

불운하다.

이번 시즌의 바이에른을, 그 말 말고 다르게 표현할 수 있을까.

그들의 기록은 현재 30승 2무 1패.

승점은 92점.

어마어마한 퍼포먼스다.

우승을 했던 지난 시즌의 승점은 진즉에 넘었고, 심지어 트레블을 이루었던 시즌에 기록한 91점마저 넘었다.

이런 팀이 우승을 하지 못한다는 건 말이 안 될 것이다. 하지만 그런 상황이 실제로 일어났다.

「[키커] 자존심을 건 바이에른!」

그동안 분데스리가를 지배했던 바이에른에게 이러한 상황은 매우 자존심이 상하는 일이다.

그렇기에 그들은 라이프치히의 잔치에 재를 뿌리기 위해 최선을 다할 터였다.

승점 100점과 무패 우승.

불가능에 가까운 기록에 라이프치히의 이름이 새겨지게 둘 수는 없었다.

이러한 상황이 겹치며 세계 축구 팬들은 그들의 경기를 목이 빠지게 기다리는 중이었다.

그 마지막 경기에 두 팀이 맞붙는다는 건, 어찌 보면 낭만적이기까지 했으니까.

"좀 쉬자!"

원지석의 말과 함께 라이프치히 선수들이 긴 숨을 내쉬었다.

바이에른전을 대비하기 위해 그들이 흘리는 구슬땀은 멈출

줄을 몰랐다.

얼마나 빡센 훈련인지, 이렇게 잠깐잠깐 쉴 때마다 잠자코 근육을 마사지하는 게 가장 나을 정도였다.

물론 원지석에게 오랫동안 지도를 받아온 선수들은 달랐다. 베르너 역시 그런 선수 중 하나다.

"베르너."

"감독님?"

수건으로 땀을 닦던 베르너는 갑자기 어깨동무를 하는 원지석을 보며 눈을 크게 떴다.

"기억나냐. 첫 시즌에 여기서 너와 했던 말을."

원지석이 막 팀에 부임했을 당시, 베르너가 바이에른으로 떠나고 싶다는 이적 파동이 일어났었다.

결국 수습되긴 했지만 여러모로 혼란스러운 시기였다.

그때도 원지석은 베르너와 어깨동무를 하며 이런 말을 했었다.

'바이에른보다 높은 팀? 라이프치히 정도면 그러고도 남지. 진짜야. 안 믿기냐?'

'뭐, 그렇죠.'

'두고 봐라. 꼭 그렇게 될 테니까.'

RB아레나.

이곳이면 바이에른의 알리안츠 아레나보다 나은 곳이 될 수 있다고.

그때의 기억을 떠올린 베르너가 괜히 코 밑을 긁적였다. 어떻게 잊을 수 있을까.

베르너만이 아니라 모두가 기억한다.

원지석은 처음 그들을 보며 단호하게 말했다.

우리는 우승한다고.

아무도 믿지 않았지만.

그는 자신의 말을 정말 실현했다.

"재계약은, 안 되겠죠?"

그렇기에 이 감독과 더 함께하고 싶었다. 가능하다면 은퇴할 때까지 쭉.

원지석은 대답 대신 베르너의 머리를 헝클었다.

*　　　　*　　　　*

─모두가, 세계 축구 팬들이 기다리던 경기가 얼마 남지 않았습니다!

─과연 라이프치히가 새로운 역사를 쓸 수 있을지, 저희도 무척 기대가 되는군요!

RB아레나에 모인 관중들은 그 어느 때보다 열광적으로 응원을 하고 있었다.

새로운 역사.

새로운 왕.

새로운 전설.

그 모든 게 오늘 경기를 통해 탄생할 수 있다.

라커 룸에 모인 선수들은 그런 응원 소리를 들으며 침을 꿀꺽 삼켰다.

대기록이 걸린 경기였다.

아무리 내색을 하지 않으려 해도, 괜스레 긴장이 되는 건 사람인 이상 당연한 일이었다.

"슬슬 시간이다."

팔목에 걸린 시계를 확인한 원지석이 입을 열었다.

이미 준비는 끝났다는 듯 선수들은 그들의 감독에게서 눈을 떼지 않았다.

아직 챔피언스리그 결승전이 남았다지만, 분데스리가에서 이 감독과 함께하는 건 이걸로 마지막이다.

원지석 역시 그런 걸 알았다.

잠시간의 침묵 끝에, 피식 웃음을 터뜨린 그가 말했다.

"저 소리 들리냐?"

라커 룸까지 울리는 팬들의 응원을 말하는 거였다. 고개를 끄덕이는 선수들을 보며 원지석은 말을 이었다.

"나를 위한 경기가 아니야. 팬들을 위한 경기지."

가자.

원지석이 라커 룸의 문을 열었다.

방금까지의 긴장은 어디로 갔는지, 선수들 역시 비장한 얼굴로 그 뒤를 따랐다.

선수들이 터널에서 대기할 동안 원지석은 그라운드로 나왔다.

와아아!

동시에 엄청난 환호성이 터졌다.

마치 신앙심과 비슷한 열기엔 광기마저 느껴질 정도였다. 그 뜨거움을 온몸으로 느낀 원지석이 손을 흔들었다.

그때 먼저 나온 바이에른의 감독이 가까이 다가와 손을 내밀었다. 나겔스만은 악수를 나누며 말했다.

"혹시 치트 프로그램이라도 쓴 거 아닙니까? 아니면 세이브 로드 신공이라든지."

"아쉽지만 그런 초능력은 없어서."

농담을 나누던 둘은 이윽고 서로의 등을 두드려 주고선 각자의 벤치로 떠났다.

오래 기다리지 않아 선수들이 그라운드에 입장했다. 라이프치히 선수들이 먼저 자리를 잡았고, 원정팀인 바이에른 선수들이 그들과 악수를 하며 지나갔다.

―양 팀의 라인업입니다.
―먼저 홈팀인 라이프치히네요.

중계 화면에 라이프치히의 선발 명단이 떠올랐다.

먼저 브레노, 우파메카노, 히메네스, 베르나르두가 포백으로서 수비 라인을 구성했으며.

중원에는 세리, 밀린코비치―사비치, 벨미르가.

최전방에는 포르스베리, 베르너, 자비처가 섰다.

—라이프치히가 자랑하는 433 포메이션으로, 주장 완장은 벨미르가 찼습니다.

—과연 오늘 경기에선 주장으로 어떤 모습을 보여줄지 기대가 되네요.

이에 맞서는 바이에른 역시 433의 포메이션을 꺼냈다.

포백에는 오랫동안 바이에른을 지킨 알라바, 훔멜스, 보아텡, 키미히가.

중원에는 고레츠카, 막스 마이어, 데미르바이가.

최전방에는 코망, 레반도프스키, 말콤이.

—레반도프스키의 활약도 경기를 보는 주요 포인트가 될 거 같군요.

바이에른에서 매우 훌륭한 커리어를 쌓았던 레반도프스키 역시 이제 나이에 따른 노쇠화가 찾아왔다.

이번 시즌을 마지막으로 팀을 떠날 것으로 예상되었기에, 이 전설적인 골잡이가 오늘 어떤 모습을 보여줄지 사람들은 눈을 크게 뜨며 지켜보았다.

"후우."

"긴장돼?"

숨을 길게 내쉬는 벨미르를 보며 사비치가 물었다. 그러자 녀석은 고개를 갸웃거리더니, 이내 이를 드러내며 웃었다.

"아니, 흥분돼서 그래."

주장 완장을 잡은 그가 소리쳤다.

"이긴다!"

삐이익!

그 말과 함께.

운명이 걸린 경기가 시작되었다.

*   *   *

휘슬과 함께 선축을 가져간 바이에른이 빠르게 공격을 시작
했다.

그들에게 있어선 비겨서도 안 될 경기였다.

최다 승점? 언젠가는 넘을 수 있겠지.

하지만 무패 우승은 다르다.

아무리 강한 팀이라도, 단 한 경기를 지지 않는 것은 불가능
에 가까운 일이었으니까.

그렇기에 바이에른은 그들의 손으로 직접 라이프치히의 무
패를 끊어버릴 생각이었다.

─고레츠카의 날카로운 패스! 코망에게 닿습니다!

─이번 시즌 가장 위협적인 조합이죠?

비록 우승에는 실패했지만, 고레츠카는 이번 시즌 분데스리가가 최고의 미드필더 중 하나다.

그 하메스가 벤치로 밀려난 걸, 바이에른의 팬들이 가장 먼저 고개를 끄덕일 정도로 환상적인 퍼포먼스를 보여주고 있으니까.

특히 사람들이 우려하던 유리 몸 기질도 나겔스만의 아래에선 철강 왕 같은 모습을 보일 정도였다.

그런 고레츠카와 가장 호흡이 좋은 선수를 꼽으라면 코망을 들 수 있었다.

바로 지금처럼.

창의성이 넘치는 패스를 받은 코망이 측면을 허물었으니까.

─매우 빠르게 달리는 코망! 환상적인 개인기로 베르나르두를 제칩니다!

─그러면서도 속도가 전혀 줄질 않았어요!

코망 역시 바이에른의 황금 날개였던 로벤과 리베리가 그립지 않을 윙어로 성장했다.

길게 드리블을 하던 코망이 베르나르두의 가랑이 사이로 공을 흘리고, 본인은 라인 바깥으로 몸을 빼는 턴 동작을 보여주었다.

베르나르두를 따돌린 그가 다시 그라운드 안으로 들어가며 공을 잡았다.

혹여 뒤를 잡힐까 안쪽으로 파고 들어가지 않은 코망이 계속해서 터치라인을 따라 달렸다.

─코망의 긴 크로스!

거의 라인 끝에서 올린 얼리크로스가 부드러운 궤적을 그리며 페널티박스를 향했다. 페널티박스 안에는 레반도프스키가 자리싸움을 하고 있는 상황.

레반도프스키는 나이가 들며 기동력이 떨어졌지만, 대신 다른 쪽으로 베테랑의 노련한 모습을 보여주었다.

'헤딩을 하긴 힘들겠군.'

자신을 마크하는 사비치와 우파메카노를 보던 레반도프스키가 슬쩍 옆을 보았다.

측면에서 안쪽으로 파고 들어오는 말콤의 모습이 보였다.

순간적인 계산을 끝낸 그가 공을 향해 뛰었다. 헤딩슛을 하기엔 좋지 못한 위치다. 하지만 상관없다. 크로스의 방향을 살짝 바꾸는 걸로 충분했으니까.

레반도프스키의 머리를 스치며 공의 각도가 꺾였다. 페널티 에어리어 바깥쪽으로, 말콤이 있는 곳으로.

우파메카노가 뒤늦게 몸을 날렸지만 말콤이 감아 찬 슛은 골문 구석을 향해 부드럽게 휘었다.

─말콤의 슈우우웃!

―골대를 맞고 벗어나는군요! 경기 시작부터 아주 좋은 기회를 잡았었던 바이에른!

관중들이 내쉰 안도의 한숨이 RB아레나를 울렸다. 매우 위험한 상황이었다.

골키퍼인 굴라치는 반응도 하지 못했으며, 우파메카노가 등을 내밀며 막았지만 아무 소용도 없었다.

"후우!"

벤치에 있던 원지석 역시 길게 숨을 내쉬었다. 알고서도 막지 못하는 연계였다.

경기가 계속 진행되면서 바이에른은 끊임없이 공격을 시도하는 중이었다.

원정경기라는 것도 상관없다는 듯, 아니, 패배를 두려워하지 않는 그들의 모습에 관중들이 침을 꿀꺽 삼켰다.

"작정하고 나왔는데?"

케빈이 혀를 차며 중얼거렸다.

무승부는 의미가 없다는 거겠지.

어찌 보면 가장 성가신 상대였다.

"그냥 역습 전술로 계속 갈까요?"

좀처럼 나서지 못하는 상황에 원지석이 물었다.

현재 라이프치히는 수비 라인을 내리며 바이에른의 뒤 공간을 노리는 중이었다.

하지만 저 미친놈들은 핀볼이라도 하자는 건지, 쉬지 않고 슈팅을 때려대고 있었다.

"사실상 가둬지고 두들겨 맞는 중이라, 이대로 웅크리고만 있는 건 별로일 듯한데… 아 미친."

말을 하던 케빈이 얼굴을 구겼다.

마찬가지로 원지석의 눈빛이 흉흉하게 빛났다.

―고오오올! 결국 골을 만들어내는 레온 고레츠카! 멀리서 때린 슈팅이 그대로 들어가네요!

―계속해서 슈팅을 퍼붓던 바이에른이 기어코 결실을 맺었군요!

혼잡한 상황 속에서 세컨드 볼을 받아낸 고레츠카가 중거리 슈팅을 때렸고, 이게 아름다운 포물선을 그리며 골 망을 출렁였다.

"이 새끼들이."

안경을 벗은 원지석이 콧잔등을 꾹꾹 눌렀다.

그는 선수들에게 계속해서 소리를 지르며 정신을 차리게 했다.

기세를 잃고 정신없이 당했던 라이프치히 선수들도 그제야 정신을 차렸다.

하지만 첫 골이 들어가며 바이에른의 분위기는 거짓말처럼 바뀌었다.

방금까지 극단적인 공격 전술을 택했던 그들은 이제 수비적인 전술을 꺼내며, 안정적인 경기 운영을 시작한 것이다.

—다시 한번 슈팅을 막아내는 노이어!
—엄청난 선방이었습니다!

더군다나 그 수비가 굉장히 단단하다는 게 문제였다. 바이에른의 양 풀백은 오버래핑을 자제하며 라이프치히의 윙어들을 압박하는 데 집중했다.

"사비치! 더 올라가!"

결국 원지석은 사비치에게 더 적극적인 공격 가담을 지시하며 몇 가지 전술을 바꾸었다.

양 풀백들을 높이 올리며 윙어들의 부담을 덜어주었고, 중앙을 통해 경기를 풀어가도록 만들었다. 그럼에도 바이에른의 골문은 열리지 않았다.

삐이익!

결국 그렇게 전반전이 끝났다.

원지석은 라커 룸에서 선수들을 무섭게 다그쳤다.

"머릿속에 벌써부터 트로피 들 생각만 하고 있냐? 응? 한심하기 짝이 없는 꼬락서니구나."

그는 선수들이 저질렀던 실수를 하나하나 언급하며 갈궜다. 선수들은 영혼이 빠져나가는 걸 느끼며 해쓱한 얼굴로 고개를 끄덕였다.

이윽고 후반전이 시작될 때, 선수들은 독기를 가득 품은 눈으로 그라운드를 향했다.

—라이프치히 선수들의 퍼포먼스가 전반과는 확연히 달라졌군요?

—아마 감독에게서 한 소리를 들은 게 아닐까요?

—하하, 그럴 수도 있겠네요.

라이프치히는 전반보다 날카로운 모습으로 바이에른을 공략하는 중이었다.

특히 머리가 휘날릴 정도로 갈굼을 받았던 자비처는 이를 악물며 뛰었다.

'시발, 내가 개털렸다고?'

원지석은 라커 룸에서 그런 말을 했다. 알라바에게 그냥 털린 것도 아니고, 완전 먼지 털듯 털렸다고.

그게 자비처의 자존심을 건드렸다.

자신을 마크하는 알라바를 보며 그의 눈에서 불꽃이 튀었다.

"내가 너 씹어먹고 만다!"

"갑자기 뭐야?"

정작 당사자인 알라바는 어리둥절하며 고개를 갸웃거렸지만, 일단은 이 녀석을 막는 게 우선이었다.

그러던 순간 자비처가 왼쪽으로 공을 빼냈다. 알라바 역시 그쪽으로 몸을 움찔거리는 순간, 그는 다시 오른쪽으로 공을 가져갔다.

팬텀 드리블.

까딱하면 라인 밖으로 아웃 되었을 상황임에도, 자비처는 용감하게 알라바를 따돌렸다.

─알라바를 바보로 만드는 환상적인 개인기!
─몸을 접은 자비처가 페널티에어리어를 향해 쇄도합니다!

'뭐 이상한 거라도 먹고 왔나?'

전반과는 확연히 달라진 그들을 보며 바이에른 선수들이 얼굴을 구겼다.

벌써 라이프치히 선수들이 수비 라인을 압박하며 공을 받기 위해 자리를 잡는 중이었다.

자비처가 슬쩍 다리를 들었다.

바이에른의 수비진들은 패스를 예측하며 미리 길목을 차단했지만, 그가 노리던 건 패스가 아니다.

─패스를 준비하는 자비, 고오오오올!!

와아아!

중계진들이 미처 말을 끝맺기 전에 관중들의 함성이 터졌다.

─골입니다 골! 각이 없는 상황에서 그대로 욱여넣는 마르셀

자비처!

　―노이어도 멍하니 바라볼 수밖에 없는 슈팅!

　골을 넣은 자비처가 자신의 가슴을 두드리며 소리를 질렀
다. 라커 룸에서 들은 갈굼을 토해내듯이 말이다.

　동점골이 터지자 바이에른도 다시 라인을 올리며 공격에 나
서기 시작했다. 이를 기다렸다는 듯 라이프치히도 마주 공격을
퍼부었다.

　―양 팀 모두 높게 라인을 올리며 공격을 주고받고 있습니다.

　―관중들도 그런 두 팀의 모습에 박수를 보내네요!

　역습과 역습이 꼬리를 물며 이어졌다.

　사람들은 모두 숨을 죽이고선 그들이 펼치는 플레이에 빠져
들었다.

　이 순간이 계속되었으면 좋겠다.

　그들은 무심코 그런 생각을 했다.

　하지만 경기시간은 무한하지 않다.

　시간은 78분. 슬슬 후반전도 막바지에 다다를 때였다.

　―아, 라이프치히가 선수교체를 알리는군요.

　―그런데 오귀스탱이, 아! 오귀스탱이 히메네스와 교체되어 들
어갑니다!

관중들이 술렁거리며 터치라인을 보았다.

그라운드에 들어가기 위해 기다리는 사람은 분명 공격수인 오귀스탱이다.

그러나 터치라인을 향해 걸어가는, 벤치로 아웃 되는 사람은 센터백인 히메네스였다.

"미친 건가?"

"왜 밥상을 자기 발로 차려는 거지?"

사람들이 수군거렸다.

동점. 이대로만 비겨도 무패 우승은 가능하다.

하지만 지금 교체는 마치 이렇게 말하는 것 같았다.

"이왕 할 거면 판 좀 크게 벌리죠."

원지석의 말에 빵 터진 케빈이 배를 잡고 웃음을 터뜨렸다. 미친놈. 하지만 그래서 좋았다.

─매우 공격적이면서도, 위험한 도박이군요.

들어오는 히메네스와 포옹을 한 원지석이 다시 그라운드를 보았다.

황당하단 얼굴로 자신을 보는 동료들에게 오귀스탱이 벤치에서 들은 지시를 전달했다.

"내가?"

잘못 들었나 싶은 벨미르가 눈을 크게 떴다. 하지만 맞다는 듯 오귀스탱이 고개를 끄덕였다.

─아, 벨미르가 수비 아래 깊숙이 내려갔습니다.

벨미르는 우파메카노와 함께 수비 라인을 맞췄다. 그럼에도 최후방에 머무르지 않았고, 상황에 따라 높이 올라가며 공격에 가담하는 모습을 보였다.

오귀스탱은 베르너와 함께 투톱을 형성하며 바이에른의 골문을 노렸다.

그런 것처럼 바이에른의 선수들 역시 벨미르가 있는 쪽을 집요하게 공략하려 했다.

─또다시 말콤에게서 공을 뺏어내는 벨미르!
─깔끔한 태클이었어요!

공을 뺏긴 말콤이 어이가 없다는 듯 고개를 저었다.

가장 헐거운 것처럼 보였음에도, 벨미르는 환상적인 수비를 보여주며 바이에른의 공격을 틀어막았다.

본래 벨미르의 태클 스킬은 뛰어난 것으로 정평이 났다. 그들은 그걸 몸소 체험하는 중이고.

그리고 결정적인 찬스 역시.

벨미르의 발끝이 만들어낸 장면이었다.

쾅!

공을 뺏어낸 벨미르가 매우 강한 힘을 실은 롱패스를 보냈다.

이 패스를 사비치가 헤딩으로 다시 한번 연결했고, 홈멜스에게서 등을 지고 있던 베르너에게 닿았다.

베르너는 욕심을 부리지 않았다.

대신 그는 뒤꿈치로 공을 흘렸다.

홈멜스의 다리 사이로 공이 빠지는 것과 함께 수비 라인을 허문 녀석이 있었다. 오귀스탱이었다.

─어? 어어!

그 순간적인 연계에 중계진들이 당황하는 사이, 오귀스탱의 논스톱 슈팅이 이어졌다.

동시에 골문 앞을 박차고 나온 노이어가 양다리를 벌리고 앉으며 두 팔을 벌렸다.

그러나 오귀스탱은 강하게 슛을 때리지 않았다.

마치 파넨카 킥처럼, 오히려 톡 찍어 올린 로빙슛이 노이어의 머리를 넘겼다.

─아아아!
─골입니다, 고오오오올!

와아아아아!

관중들의 환호와 함께 RB아레나가 흔들렸다.

골을 넣은 오귀스탱이 벤치로 달려가 원지석을 꽉 껴안았다.

감독인 원지석, 아니, 벤치에 있던 선수들, 코치들이 모두 튀어나와 그런 오귀스탱을 마주 안았다.

"잘했다, 잘했어."

원지석이 오귀스탱을 꽉 껴안으며 그렇게 중얼거렸다. 곧이어 그라운드에 있던 라이프치히 선수들까지 모두 벤치를 향해 뛰었다.

모든 선수들이 몰린 벤치는 터질 것처럼 사람들로 가득 찼다. 그럼에도 사람들은 불편하지 않다는 듯, 오히려 즐겁다는 듯 웃으며 소리를 질렀다.

"으아아아!"

벨미르가 관중들을 향해 포효했다.

목에 핏줄이 선 그를 보며 관중들 역시 목이 터지도록 환호를 보냈다.

지금 이 순간.

새로운 전설이 탄생했다.

* * *

─엄청납니다! 노이어와의 심리전에서 완벽하게 승리한 오귀스탱! 이 골은 매우 치명적이에요!

─라이프치히가 새로운 전설을 쓰기까지 몇 분 남지 않았습

니다!

오귀스탱의 골이 리플레이로 계속해서 반복되었다. 그만큼 환상적인 골이다.

높이 떠오른 공과 함께 노이어의 시선이 위를 향했으며, 뒤늦게 손을 뻗었지만 공은 이미 그를 넘어간 뒤였다.

─천하의 노이어를 상대로 아주 대담한 슛을 보였네요.

─까딱했으면 놓칠 수도 있었겠지만, 어찌 됐든 성공했으니까요. 이 골만큼은 분데스리가 역사에서 빼놓을 수 없는 장면이 되었어요!

카메라가 다시 한번 오귀스탱을 잡았다.

다시 자리에 복귀한 녀석은 관중을 향해 손을 흔들고 있었다.

경기가 다시 시작되었고, 바이에른 선수들은 남은 추가시간 동안에도 포기하지 않았다. 그들이 가장 기뻐하는 지금이야말로 골을 넣을 기회이기도 했으니까.

"다들 라인 똑바로 잡아!"

터치라인 앞에 선 원지석이 선수들의 위치를 잡아주며 소리를 질렀다.

그들 역시 마지막까지 긴장의 끈을 풀어선 안 된다는 걸 안다. 만약 골이라도 먹혔다간 감독과의 마지막 인사는 갈굼으로 끝날 터.

동시에 원지석은 선수교체를 통해 시간을 끌었다.

교체 대상으로 지목된 베르너가 느릿느릿 터치라인을 향해 걸었다.

짝짝짝.

─관중들이 일어나 베르너에게 박수를 보냅니다. 베르너 역시 박수로 화답하는군요.

─오늘 골을 넣지 못했다고 하더라도, 날카로운 움직임과 엄청난 활동량으로 바이에른을 괴롭혔던 베르너입니다.

─거기다 역전골을 어시스트하기까지 했죠.

─네. 박수를 받을 자격은 충분합니다. 베르너만이 아니라, 라이프치히의 모든 선수들, 코치들까지 말이에요.

관중들을 보며 박수를 치던 베르너가 왼쪽 가슴에 새겨진 엠블럼을 잡았다. 그대로 잡아당겨 입을 맞춘 녀석이 미소를 지었다.

그를 대신해 들어간 선수는 왼쪽 풀백인 할슈텐베르크였다.

할슈텐베르크는 우파메카노의 옆에 섰으며, 그로 인해 마치 쓰리백 같은 모양새가 갖춰졌다.

측면의 윙백들도 공격보다는 수비를 두텁게 하며 바이에른의 위협적인 윙어들을 막아냈다.

―레반도프스키의 슛! 하지만 미리 읽었던 굴라치가 잡아냅니다!

공을 잡은 굴라치가 안도의 한숨을 내쉬며 몸을 일으켰다. 슬쩍 전광판을 확인하니 추가시간은 이미 끝난 상황. 모든 관중들이 숨을 죽이며 주심의 행동을 지켜보았다.

굴라치가 길게 공을 걷어내는 것과 함께 주심이 목에 걸린 휘슬에 손을 가져갔다.

그리고 마침내.

삐이익!

경기 종료를 알리는 휘슬이 길게 울렸다.

휘슬 소리와 함께 터진 환호성이 귓가를 멍하게 만들었다. 바이에른 선수들은 허탈한 얼굴로 주저앉으며 고개를 들지 못했다.

"잘했어."

그런 바이에른 선수들을 위로하는 사람이 있었다.

고개를 들자, 상대 팀의 감독인 원지석이 어깨를 두드리고 있었다.

"너, 오늘 무서웠다."

원지석은 바이에른 선수들을 한 번씩 포옹하고, 때로는 악수를 나누었다.

너희가 고개를 숙일 이유는 없다.

그의 행동은 그렇게 말하는 것만 같았다.

바이에른의 선수들 역시 그 손을 잡고 일어났다. 승자, 패자 모두가 서로에게 존경을 표현했다.

"하나, 둘!"

일렬로 선 라이프치히 선수들이 신호와 함께 뛰었다. 그들은 잔디 위에 몸을 미끄러뜨리며 관중들에게 셀레브레이션을 보여 주었다.

라이프치히 선수들이 그렇게 뒤풀이를 할 동안, 원지석은 터널 입구 앞에서 누군가와 이야기를 하는 중이었다.

"떠나니 섭섭하네요."

"그래요?"

"사실 반이라고 할까."

나겔스만의 말에 원지석이 웃었다.

그가 없었으면 사실 무패 우승은 불가능했을 것이다.

무서울 정도로 뒤를 쫓아온 경쟁자 덕분에 슬럼프를 겪지 않았다니, 아이러니한 이야기다.

"나중에 봐요."

나겔스만이 먼저 떠났다.

그 역시 할 일이 많을 터였다.

원지석은 긴 숨을 내쉬며 몸을 돌렸다.

"거기 조심해서 들어!"

"헐겁게 했다가 사고라도 나면 안 돼!"

그라운드에는 우승 셀레브레이션을 위한 무대가 만들어지는 중이었다. 두 줄로 설 수 있는 시상대와, 흰색의 카펫에는 황소

엠블럼이 찍혔다.

'오래 걸리진 않겠지.'

그런 생각을 하던 원지석의 눈이 이채를 띠었다.

평소 스코어를 알리는 RB아레나의 전광판엔 100 : 0이라는 숫자가 써진 상황.

승점 100점과 0패라는 뜻이다.

경이적인 기록이었다.

단 한 번의 무승부를 제외하고 리그에서 모두 이겼다는 뜻이었으니까.

물론 분데스리가는 다른 리그보다 경기 수가 더 적다. 하지만 그렇기에 더욱 힘든 100점의 고지였다.

모든 준비가 끝났는지 선수들이 하나씩 입장하며 카펫을 밟았다.

팀의 단장인 랄프 랑닉이 직접 우승 메달을 걸어주었고, 악수를 하며 등을 두드려 주었다.

베르너!

자비처!

포르스베리!

아직까지 그 자리를 지킨 관중들은 선수가 입장할 때마다 그들의 이름을 연호했다.

벨미르!

동독의 왕!

특히 벨미르가 메달을 받을 땐, 마치 월계관을 받은 황제처럼 오연한 모습에 모든 사람들이 그의 별명을 외쳤다.

"안 쪽팔리냐."

마지막으로 원지석이 입장하자 관중들의 반응은 폭발적이었
다.

원! 원!

스페셜 원!

머쓱한 얼굴로 카펫을 밟은 원지석이 그들의 환호에 손을 흔
들었다.

그러던 그는 반가운 얼굴들을 발견했다. 선수들의 가족이나
연인들은 시상대에서 멀찍이 떨어졌는데, 그중에는 아내인 캐
서린과 딸인 엘리의 모습도 보였다.

"아빠다. 저기 아빠 보이지?"

"아쀼우!"

손을 흔드는 엘리를 보며 원지석이 미소를 감추지 못했다.

그렇게 원지석마저 뒤늦게 시상대에 오르자, 팀의 주장인 벨
미르가 눈앞에 놓인 마이스터샬레를 잡았다.

"준비됐어?"

슬쩍 뒤를 보며 물어본 녀석이 이윽고 숫자를 셌다.

하나, 둘.

마지막 셋은 모두 함께 외치며.

우승 트로피인 마이스터샬레가 높이 들리는 것과 함께 꽃가
루가 하늘을 가득 수놓았다.

와아아!

샴페인, 맥주, 꽃가루가 온몸을 더럽히는데도 그들은 웃으며 제자리에서 뛰는 걸 멈추지 않았다.

뜨거웠던 분위기도 슬슬 가라앉았고, 선수들과 관중들의 시선이 한곳을 향했다. 아직 남은 게 있기 때문이다.

"부끄러운데."

"헛소리 말고."

수건으로 얼굴을 문지르던 원지석이 쓰게 웃으며 마이크를 건네받았다. 가볍게 마이크를 테스트한 그가 이윽고 헛기침을 하며 입을 열었다.

"사실 한 경기가 더 남긴 했지만, 이곳 RB아레나에서 작별 인사를 하기엔 지금이 가장 좋을 때 같네요."

챔피언스리그 결승전은 독일이 아닌 다른 곳에서 열린다.

그렇기에 따라오지 못하는 사람도 분명 있을 테고, 이렇게 마지막 인사를 하기에 좋은 장소도 아니다.

"마지막 경기가 끝났습니다. 환상적인 경기였고, 우리는 분데스리가 역사상 최고의 팀이 되었죠."

거기까지 말한 원지석이 잠시 말을 머뭇거렸다.

"5년. 누군가에겐 짧고, 누군가에겐 긴 시간입니다. 특히 감독에게는 더더욱."

최근 프로축구에서 한 감독이 한 팀에 5년 이상을 머무른 경우는 드물다고 할 수 있다.

처음에는 환영을 받아도, 헤어질 때까지 그 관계가 좋게 유지되는 건 힘들었으니까.

"저에게 5년이란 시간은 가장 긴 임기였으며, 많은 일이 있었던 시간이었네요."

사람들에게 경멸을 받던 팀을 이끌고, 우승을 했으며, 인식을 바꾸었고, 성질 더러운 유망주도 키웠다.

5년이란 시간.

좋았던 적도, 싫었던 적도 있지만.

이곳에서 보낸 5년은 분명 특별하다.

"여러분의 응원을 평생 잊지 못할 겁니다. 감사합니다."

이단아라는 경멸을 받던 그는.

전설이 되어 떠났다.

         *   *   *

「[키커] 전설이 된 원지석!」

「[빌트] 라이프치히, 사상 첫 무패 우승과 함께 승점 100점이란 금자탑을 쌓다!」

결국 분데스리가 역사상 최강의 팀이 탄생하게 되었다. 뿐만 아니라 마지막 라운드에서 바이에른과 보여준 혈전은 사람들의 극찬을 받았다.

사람들이 말하길.

훗날 자식에게 보여줘야 할 경기.

그런 소리마저 심심찮게 나올 정도였다.

「[키커] 라이프치히의 최종 성적은 어디까지?」

아직 라이프치히의 시즌은 끝나지 않았다. DFB—포칼 컵에서는 떨어졌다지만, 챔피언스리그가 남았다.

만약 라이프치히가 챔피언스리그에서 우승을 이룬다면, 더블과 동시에 구단 역사상 첫 빅이어를 들게 된다.

하지만 말처럼 쉬운 이야기는 아니었다.

누가 뭐라 해도 상대는 그 레알 마드리드니까.

「[마르카] 오르텐시오, 라이프치히는 빈손으로 떠날 것」

레알 마드리드의 감독인 오르텐시오 베나벤티는 꽤나 강한 자신감을 내비쳤다.

경기 전에 흔히 보이는 언론 스킬이라 생각할 수도 있겠지만, 그의 행적을 보자면 의미심장한 말이다.

「[마르카] 한 말은 지키는 오르텐시오! 이번에는?」

처음 부임할 때만 하더라도 반년짜리 감독으로 예상되었던 오르텐시오는, 기자회견에서 이런 말을 했다.

"나는 다른 감독들처럼 일 년 안에 잘리지 않을 겁니다. 절대."

뭐, 그건 지금까지 경질당한 감독들이 모두 했던 말이었으니까. 기자회견을 발칵 뒤집은 발언은 그 뒤에 나왔다.

"그리고 우리는 이번 시즌 챔피언스리그 결승전에 오를 겁니다. 못 간다면? 그럴 경우엔 은퇴라도 하죠."

이건 또 신기한 공약이었다.

부임과 동시에, 사퇴가 아닌 은퇴를 내걸다니.

"실례지만 감독님, 지난 시즌 레알 마드리드의 챔피언스리그 성적은 알고 계십니까?"

"8강이요. 잘 압니다."

어깨를 으쓱이는 오르텐시오를 보며 기자들은 머리를 긁적였다.

그 미심쩍은 시선들에 아랑곳하지 않은 오르텐시오는 여유롭게 자신의 머리를 빗었다.

그게 시즌이 시작하기 전에 있었던 일이다.

그리고 지금.

오르텐시오의 말은 현실이 되었다.

그는 아직까지 해고를 당하지 않았으며, 팀을 챔피언스리그 결승으로 이끄는 훌륭한 퍼포먼스를 보였다.

"라이프치히? 훌륭한 팀이죠. 하지만 지난 시즌에도 이긴 적이 있습니다. 그것도 더 박한 평가를 받던 모나코를 이끌면서요. 그들에게는 미안한 이야기지만, 빈손으로 돌아가게 되겠군요."

그런 오르텐시오가 이번에는 결승전을 앞두고 그런 말을 했다.

과연 이번에도 자기가 한 말을 지킬 수 있을지, 사람들은 곧 있을 경기를 주의 깊게 지켜보았다.

―여기는 챔피언스리그 결승전이 열리는 스타드 드 프랑스입니다!

―벌써부터 많은 사람들이 경기장에 들어선 가운데, 선수들이 그라운드에서 몸을 푸는 모습이 보이는군요!

스타드 드 프랑스.

프랑스 축구 국가대표팀이 운영하는 경기장으로, 81,338명을 수용 가능하다.

8만 명에 가까운 사람들이 보는 경기에서 누가 승리할 수 있을지, 지금부터 알게 될 터였다.

"우리의 마지막 경기다. 모두 힘내자."

그렇게 말한 원지석이 먼저 라커 룸을 나왔다. 뒤에는 케빈을 비롯한 코치진들이 있었고.

터널을 벗어나자 어두운 밤하늘 아래에서 눈이 부시도록 빛나는 스탠드 불빛이 보였다.

「황소는 멈추지 않는다!」

경기장에 크게 걸린 걸개를 보며 원지석이 웃음을 터뜨렸다.

한쪽에는 흰색 머플러가, 다른 쪽에는 흰색과 붉은색이 섞인 머플러가 흔들리는 모습은 장관에 가까웠다.

"또 만났군요!"

"켁!"

그때 상대 팀 쪽 벤치에서 들려온 말에 원지석이 고개를 돌렸다. 케빈의 사레가 들린 것도 동시였다.

우선은 포마드를 잔뜩 바른 머리가 인상적이었다. 케빈의 말처럼 굉장히 기름지다는 표현은, 어쩌면 적당히 맞는 말일지도 몰랐다.

그리고 한 손에는 동전을 만지작거리는 이 남자의 이름은 오르텐시오 베나벤티.

지난 시즌 AS 모나코의 감독으로서 원지석을 꺾은 남자이자.

이번 시즌 결승전에서 만나게 된 레알 마드리드의 감독이었다.

41 ROUND
다시 떠나다

"거의 1년 만이군요. 잘 지냈습니까?"

오르텐시오가 손을 내밀며 웃었다.

동시에 독한 향수 냄새가 코를 찔렀다.

"뭐 그렇죠. 베나벤티 씨는⋯ 잘 지내는 거 같군요."

쓰게 웃은 원지석이 그 손을 마주 잡았다. 하지만 옆에 있던 케빈은 대놓고 얼굴을 구기며 싫은 티를 냈다.

독일에서도 오르텐시오는 꽤 유명인이었다. 특히 이번 시즌에 들어선 더더욱.

세계에서 가장 유명한 팀 중 하나인 레알 마드리드의 감독이 되었으니 당연한 말이겠지만, 문제는 그 명성이 축구와 전혀 관련이 없다는 거였다.

"하하, 나비가 꽃을 피할 수 있을까요."

누군가에겐 추문이겠지만, 이 남자에게는 또 하나의 러브 스토리일 뿐.

레알 마드리드의 새로운 감독은 아주 유명한 카사노바였다.

그것도 매일 옆에 있는 여자가 바뀔 정도여서, 오죽하면 레알 마드리드에 온 게 이름을 날림으로써 여자를 꾈 목적에서라는 소리마저 나오겠는가.

오르텐시오가 어젯밤 뭘 했나 알고 싶으면 축구 기사가 아닌 사생활 카테고리를 뒤적거려라.

축구계에선 1년 만에 유명해진 속설이다.

"지랄한다, 지랄을."

케빈이 시니컬하게 비꼬았다.

많은 사람들이 아는 이야기는 아니지만.

둘의 인연은 꽤 오래전부터 이어진 모양이었다.

다만 한솥밥을 먹은 것치고는, 케빈은 당시 일을 떠올리기도 싫다는 듯 질색했기에 자세한 사정은 원지석도 알지 못했다.

"당신은 여전히 품위가 없군. 그러니 레이디에게 인기가 없는 거야."

"좆이나 까."

항상 여유로운 반응을 보였던 오르텐시오 역시 껄끄러운 기색을 숨기지 않았다.

케빈과의 말싸움은 결국 그의 손해일 뿐이었다.

"뭐, 싸우려고 온 건 아니니까. 그것보다 1년 만에 어때?"

손안에서 굴리던 동전을 엄지와 검지로 잡은 그가 어깨를
으쓱였다.

팅.

케빈의 대답을 듣지도 않은 오르텐시오가 동전을 허공에 튕
겼다.

그러고선 손등에 받은 뒤 다른 손으로 덮었는데, 한쪽 눈썹
을 꿈틀거리며 어느 쪽을 선택할 건지 물었다.

"쓸데없는 짓거리야."

"흠, 그럼 나 혼자라도 하지. 나는 앞면에 걸겠어."

으르렁거리는 케빈을 무시한 오르텐시오가 손을 치웠다.

말 그대로 앞면이 나온 동전을 보며, 씨익 웃은 그가 레알
마드리드의 벤치로 돌아갔다.

"재수 없는 새끼."

침을 퉤 뱉은 케빈이 거칠게 머리를 긁었다.

동전 점괘.

그냥 단순한 점괘일 수 있지만, 오르텐시오의 별명 중 하나
는 럭키 가이다.

가끔 그는 꽤나 도박적인 변화를 줄 때가 있는데, 그때마다
동전을 던지며 할지 말지를 정했기에 유명해지게 되었다.

지난 시즌 라이프치히를 꺾을 때도.

이번 시즌 4강에서 첼시를 꺾을 때도.

오르텐시오는 동전을 던졌다.

이런 기행이 인기를 얻자 그는 머리를 빗으며 답했다.

'결과적으로는, 운이죠.'

—선수들이 터널을 지나 입장하는군요! 양 팀의 라인업입니다!
—먼저 라이프치히의 선발 명단부터 살펴보죠. 역시나 이번 시즌 팀을 이끈 베스트 라인업이 나왔네요.

라이프치히는 4141 포메이션을 꺼냈다.

포백으로 브레노, 우파메카노, 히메네스, 베르나르두가.

중원에는 포르스베리, 세리, 밀린코비치—사비치, 자비처의 뒤를 벨미르가 보호했으며.

최전방에는 이번 시즌 분데스리가 득점왕에 오른 베르너가 섰다.

—비록 게르트 뮐러의 전설적인 기록을 깨진 못했지만, 리그에서만 34골을 넣으며 절정의 골감각을 자랑하는 베르너입니다.
—베르너만이 아니라 자비처 역시 리그에서 25골을 넣으며 득점 2위를 차지했죠?

라이프치히가 무패 우승을 하는 데엔 선수들이 공격적인 모습을 폭발시킨 게 컸다.

특히 베르너와 자비처는 어마어마한 기록을 찍었으며, 포르스베리를 비롯한 미드필더들 역시 커리어 하이를 보냈다.

―이에 맞서는 레알 마드리드의 라인업입니다.

―그동안 혼란스러웠던 팀이 오르텐시오 감독 아래에서 정리가 되었는데, 오늘 선발 명단은 그 결과물이라 할 수 있습니다.

골키퍼 장갑은 케파가 꼈고.

포백으로는 테오 에르난데스, 헤수스 바예호, 바란, 카르바할이.

중원에는 코바치치, 카세미루, 크로스가.

최전방에는 아센시오, 해리 케인, 이스코가 서며 공격진을 완성했다.

―433 포메이션이지만, 아센시오와 이스코의 움직임에 따라 4321 포메이션이 되는 전술입니다.

지금까지 많은 감독이 레알 마드리드의 혼란을 수습하려 애썼다. 대부분은 1년도 채우지 못하고 목이 잘렸지만.

오르텐시오는 부임하자마자 과격하면서도 해야 할 일을 했는데, 그건 바로 노장 선수들을 내치는 거였다.

그 결과 나이가 들며 기복이 매우 심해진 선수들 대부분이 팀을 떠났다.

팬들의 반발도 만만치 않았지만 개혁은 과감했다.

거기엔 마르셀루나 모드리치처럼 팀의 전성기를 이끌던 선수들도 포함되었다.

―해리 케인의 영입이나, 유망주 선수들을 성장시킨 게 이번 시즌 반등의 주요 포인트로 꼽히죠?

―네. 케인 같은 경우는 토트넘과 아주 힘겨운 줄다리기 끝에 영입됐는데, 결과적으로 신의 한 수가 되었습니다.

케인은 토트넘의 미래라 불리던 선수다.

그런 선수를 토트넘의 보드진이 보내줄 리 만무했고, 레알 마드리드 역시 꽤나 큰 출혈을 감수하며 겨우겨우 영입하게 되었다.

그리고 케인은 이번 시즌 라리가 득점왕을 차지하며 비싼 값을 톡톡히 해주었다.

거기다 성장이 정체되었던 유망주들 역시 포텐이 터지며 주전으로 자리 잡은 지금, 그들은 또 한 번의 빅이어를 앞둔 상황.

삐이익!

마침내 모든 사람들이 기다리던.

챔피언스리그 결승전이 시작되었다.

선축은 레알 마드리드가 가져갔다. 뒤에서 공을 돌리던 그들은 간을 볼 겸 빠른 공격을 하기로 마음먹었고, 곧바로 장거리 패스가 띄워졌다.

―크로스의 아주 정확한 패스!

―케인이 헤딩으로 연결합니다!

사비치와의 공중 경합에서 승리한 케인이 공을 따냈고, 쇄도하는 이스코에게 패스를 했다.

공을 길게 터치한 이스코가 패널티 에어리어를 향해 달렸다. 케인 역시 몸을 돌리며 수비수들 사이를 서성였다.

―페널티에어리어를 침입하는 이스코!
―라이프치히의 수비 라인이 미리 자리를 잡았습니다!

막 선을 넘으려는 순간 우파메카노가 그 앞을 막았다.
순식간에 조여오는 압박.
숨이 턱 막히는 걸 느낀 이스코가 혀를 찼다.
결국 욕심을 버린 그는 측면을 향해 스루패스를 찔렀고, 그쪽에는 풀백인 카르바할이 있었다. 그는 지체 없이 반대쪽 측면을 향해 크로스를 올렸다.

―아센시오의 슈우우웃!

땅에 한 번 튕긴 공을 발끝으로 잡아낸 아센시오가 욕심을 부렸다.
쾅!
왼발 앞쪽, 정확히는 발가락 안쪽 부분으로 때린 인프런트 슈팅이 골대를 향했지만 살짝 뜨고 말았다.

―골문을 벗어나는 슈팅!
―경기 시작과 함께 레알 마드리드의 위협적인 공격이었어요!

"히메네스! 어딜 보고 있는 거야!"
원지석이 소리를 질렀다.

그뿐만 아니라 큰 제스처로 자신의 분노를 전했다.

방금 있었던 장면은 히메네스가 순간적으로 아센시오를 놓치며 발생한 실수다.

만약 골이라도 들어갔다면 굉장히 허무했을 실점일 터. 같은 실수가 나오기 전에 정신을 차려야만 한다.

―공만 빼내는 벨미르의 태클!
―깔끔한 태클이네요!

경기가 계속 진행되며 가장 치열한 접전이 일어나는 곳은 바로 중원이었다.

양 팀의 미드필더들은 필사적으로 중원을 장악하려 했고, 여기선 라이프치히가 앞섰다.

특히 사비치와 벨미르는 몸을 사리지 않는 허슬플레이로 레알 마드리드의 중원을 끊임없이 압박했다.

―아! 그러는 와중에도 매우 정확한 패스를 찌르는 크로스!
　―오늘 이 선수가 없으면 어쩔 뻔했나요!

　그런 레알 마드리드의 중원을 홀로 이끄는 미드필더가 있었다.
　토니 크로스.
　나이가 들면서도 여전한 폼을 자랑하는 그는 아직까지 레알의 핵심 선수로서 활약하는 중이었다.
　이번에도 밑으로 빠지며 찔러준 롱패스는 정확하게 이스코에게 닿았다.
　다만 하프라인을 넘어서지 못하며, 후방 플레이메이커처럼 근처를 겉도는 플레이로는 한계가 있을 수밖에.

　―다시 한번 드리블을 하는 이스코!
　―오늘 이스코의 전체적인 움직임이 가벼워 보이는군요!

　크로스가 위로 올라오지 못하는 만큼, 이스코는 그의 몫까지 페널티에어리어 근처에서 공격을 풀어나갔다.
　해리 케인 역시 그런 이스코의 부담을 덜어주기 위해 매우 활발히 뛰며 그라운드 이곳저곳을 누볐다.

　―아! 케인의 슈팅을 막아내는 굴라치!

센터백들을 앞에 두고 슈팅을 날린 케인이 아쉬움에 머리를 감쌌다.

케인은 어느 거리에서든, 어느 위치에서든 골을 넣는 공격수다. 그렇기에 라이프치히 역시 그가 공을 받으면 바짝 긴장을 했고.

"좋았어. 쩌는 세이브였다고."

공을 끌어안고 엎드려 있던 굴라치의 등을 찰싹 때리는 사람이 있었다.

슬쩍 고개를 드니 벨미르의 모습이 보였다. 내밀어진 손을 잡고 일어난 굴라치가 피식 웃음을 터뜨렸다.

경기가 다시 시작되었다.

천천히 드리블을 하던 우파메카노가 왼쪽 측면을 향해 멀리 공을 보냈다.

가슴으로 공을 트래핑한 브레노가 왼쪽 측면을 빠르게 달렸다. 동시에 포르스베리 역시 그의 움직임에 맞추며 레알 마드리드의 압박이 분산되길 유도했다.

─크로스와 카르바할의 압박!
─바로 옆에 포르스베리가 있습니다!

하지만 이스코와 해리 케인까지 내려와 압박을 하려 하자, 브레노는 생각을 바꾸었다.

스터드로 공을 한 번 멈춰 세운 그가 더 멀리를 보았다. 페널티에어리어를 향해 뛰어가는 사비치가 보였다.

"여기!"

동시에 사비치가 손을 들며 소리쳤고.

고개를 끄덕인 브레노가 그의 머리를 목표로 크로스를 감아 올렸다.

쾅!

근처에 있던 카세미루가 헤딩으로 걷어내려 했지만, 사비치가 더 빨랐다.

퉁 하는 소리와 함께 헤딩 패스가 포물선을 그리며 나아갔다. 방향은 그가 의도한 대로 자비처를 향했고.

—측면을 뚫은 자비처! 빨라요!

테오 에르난데스를 제친 자비처가 계속해서 페널티에어리어를 돌진했다.

센터백인 헤수스 바예호가 골문 앞에서 그런 자비처를 노려보았고, 그러면서도 베르너와 자리싸움을 하는 중이었다.

'슈팅할까.'

페널티박스가 코앞이다.

각이 없더라도 골이 들어갈 수 있는 거리.

솔직히 말해 욕심이 났다.

—자비처어어!

계산을 끝낸 자비처가 발을 들었다.

레알 마드리드의 골키퍼인 케파가 침을 꿀꺽 삼키며 몸을 긴장시켰다. 언제라도 몸을 던질 수 있도록.

톡.

하지만.

자비처는 강한 슈팅을 때리는 대신, 골키퍼의 키를 넘기는 로빙슛을 올렸다.

'로빙슛? 아니야.'

이상함을 느낀 케파가 얼굴을 구겼다.

로빙슛이라기엔 각도가 너무 좋지 않았다.

각이 없더라도 골문을 노리는 게 아닌, 마치…….

"뒤! 뒤를 봐!"

어디선가 들린 카르바할의 고함 소리에 케파가 고개를 돌렸다. 그리고 찌푸려진 눈이 크게 떠졌다.

이제 와서 깨닫기엔 이미 늦었다.

골키퍼를, 수비수를 넘긴 로빙슛은.

사실 로빙 스루패스였으니까.

그리고 그 공을 향해 달리는 사람은 베르너였다.

─고오오오올! 깔끔하게 헤딩으로 잘라먹은 베르너의 헤딩골! 자비처의 아주 센스 있는 패스였어요!

─라이프치히가 만들어낸 환상적인 합작품이 골을 만들었

네요!

골을 넣은 베르너가 건방진 셀레브레이션을 펼쳤다. 최근 유행하는 춤이었는지, 다른 선수들 역시 따라와 함께 춤을 췄다.

"흐음."

첫 실점에도 오르텐시오는 무덤덤했다.

아니, 오히려 어깨를 으쓱이며 콧방귀를 뀌었다.

슬쩍 고개를 돌리자 벤치에 앉아 있는 한 선수와 눈이 마주쳤다.

마치 우리에서 꺼내달라는 듯 짐승 같은 강렬한 눈빛에, 오르텐시오는 동전을 꺼냈다.

저 선수를 꺼내야 한다는 생각은 있다.

그게 지금이냐의 문제일 뿐.

"앞면."

중얼거림과 함께 동전이 허공에 튕겼다.

팅.

떨어지는 동전을 손등으로 받으며, 다른 손으로 가린 그가 슬쩍 손을 치웠다.

"흠."

앞면.

고개를 끄덕인 오르텐시오가 소리쳤다.

"준비해!"

그 말을 기다렸다는 듯.

벌떡 일어나 몸을 푸는 선수를 보며 관중들이 술렁였다.

"호날두."

만 38세의 공격수.

하나 아직까지 레알 마드리드의 벤치를 지킨, 전설적인 골잡이가 말이다.

＊　　　　＊　　　　＊

크리스티아누 호날두.

두말이 필요 없는, 레알 마드리드 최고의 레전드.

오르텐시오는 그런 호날두를 벤치로 내리며 큰 논란을 빚었다.

다른 고참 선수들이 팀을 떠날 땐 의견이 분분했어도, 결국 필요한 방출이라며 고개를 끄덕였던 것과는 사뭇 다른 반응이었다.

그 이유는 간단했다.

만 나이로 38세.

당장 은퇴를 해도 이상하지 않을 나이임에도.

호날두는 지난 시즌까지 팀 내 최다 스코어러로 활약했기 때문이다.

비록 전성기에 미치지 못하는 퍼포먼스였다지만 그게 어디인가. 팀이 전체적으로 부진한 상황 속에서 그만큼 믿을 사람은 또 없었으니까.

그런 골잡이를, 더군다나 살아 있는 레전드를 부임하자마자 벤치로 내릴 땐 후폭풍이 꽤나 컸다.

하지만 오르텐시오는 본인의 선택이 옳았다는 걸 성적으로 증명했다.

결과적으로 최고의 레전드와 사이가 틀어졌다지만, 어쩌겠는가. 그는 지금도 그 결정을 후회하지 않는다.

─호날두 선수가 몸을 푸는 중이군요?

─어찌 됐든 나올 때마다 중요한 골을 넣어주는 선수니까요. 더군다나…….

그저 한 선수가 몸을 푸는 것뿐일 텐데, 분위기가 바뀌었다.

웅성거리던 관중들은 무언가 기대감을 품었고, 분위기를 잃어가던 레알 마드리드 역시 이를 악물며 뛰었다.

─어쩌면 호날두가 전반전에 교체 투입될 가능성이 있지 않을까요?

─그럴지도 모르죠. 실제로 몇 번의 경기에서 이른 교체로 쏠쏠한 재미를 보기도 했으니까요.

부상이 아닌 이상.

선수들에게 전반전 도중 교체로 아웃 된다는 건 큰 치욕에 속한다.

그러나 오르텐시오는 그런 걸 신경 쓰는 감독이 아니다. 거기다 선수들의 불만과는 별개로, 팬들은 그 용병술의 효과를 인정할 정도였고.

물론 아무리 그렇고 해서 아무 때나 교체 카드를 남발하진 않는다.

가끔은 블러핑을 위해 동전을 던지기도 했다.

"흐음."

원지석 역시 터치라인 근처에서 몸을 푸는 호날두를 보았다.

아니, 오히려 명령이라도 받은 것처럼 이쪽을 의식하는 걸 보니 일종의 심리전일지도 몰랐다.

'어쩌면 아예 호날두를 안 쓸지도 모르지.'

결국 중요한 건 골이다.

만약 이른 시간에 레알 마드리드의 동점골이 터진다면, 호날두는 다시 벤치에 돌아갈 확률이 컸다.

─벨미르의 헤딩! 바란과의 경합에서 이겨냅니다!

─키가 큰 편이 아닌데도 공중볼을 놓치는 법이 없네요!

양 팀의 벤치들이 심리전으로 서로의 간을 볼 때, 그라운드에선 치열하게 몸을 비비는 중이었다.

특히 세트피스 상황에선 벨미르가 페널티박스를 지배하고 있다고 봐도 좋았다.

―다시 한번 슈팅을 때리는 아센시오! 이번에도 멀리 벗어납니다!

　―아센시오 선수의 마음이 급해진 건지, 기회를 날리는 모습이 점점 많아지고 있어요.

　시간이 지날수록 아센시오의 플레이는 조급해진 느낌을 숨기지 못했다.

　경기 내내 베르나르두에게 지워지며 별다른 모습을 보이지 못한 그였는데, 가끔 나와 날린 슈팅은 한숨이 나올 정도였으니 더욱 욕심을 부리는 악순환이 반복되었다.

　'시발.'

　기회를 놓친 아센시오가 초조한 얼굴로 아랫입술을 깨물었다. 이대로라면 결국 가장 먼저 아웃 될 건 누구일지 뻔한 상황.

　결국 호날두가 입고 있던 조끼를 벗었다.

　상황이 바뀐 것은 그때였다.

　―어? 어어? 고오오올! 골이에요!

　―바깥으로 휘어진 땅볼 중거리슛이 그대로 들어가네요! 크로스의 전매특허 같은 골!

　전반전이 종료되기 직전.

극적인 동점골이 터지고 말았다.

라이프치히의 수비진을 앞에 둔 크로스가 기습적인 슈팅을 때렸고, 바깥쪽으로 크게 휜 이 슈팅은 결국 골대를 맞으며 안쪽으로 빨려 들어갔다.

와아아아!

이번엔 레알 마드리드의 팬들이 미친 듯이 소리를 질렀다.

동점골의 주인공인 크로스는 코너킥 깃발 근처까지 달려가 무릎을 미끄러뜨리고는, 그대로 일어나 깃발을 후려쳤다.

"후우."

그들의 셀레브레이션을 보던 원지석이 씁쓸한 얼굴로 고개를 저었다.

시간이 얼마 남지 않았는데.

후반전을 위해 세워둔 계획이 물거품처럼 사라졌다.

그때 땅에 떨어진 조끼를 다시 입고선 벤치로 돌아가는 호날두의 모습이 보였다. 교체 카드를 꺼낼 이유가 사라진 모양이었다.

삐이익!

결국 전반전 종료를 알리는 휘슬이 길게 울렸다.

"지금부턴 정신력 싸움이야."

라커 룸에 돌아온 원지석은 선수들에게 집중력을 요구했다. 이제는 단 한 번의 실수가 경기의 승패를 가를 수 있다.

"특히 크로스가 아까 같은 중거리 슈팅을 계속 시도할 거야. 사비치, 네가 내려와서 커버를 해줘야 돼."

"알겠습니다."

사비치가 고개를 끄덕였다.

그런 식으로 선수들에게 새로운 지시를 알려준 원지석이 긴 숨을 내쉬었다.

"마실래?"

"좋죠."

케빈이 던진 병을 그대로 잡아챈 원지석이 뚜껑을 땄다. 차가운 음료가 화끈거리는 목을 적셨다.

목을 축인 그가 빈 병을 쓰레기통에 던지며 입을 열었다.

"지금까지는 잘해왔다. 하지만 그것만으로는 부족해. 한계까지 부딪쳐라. 오늘이 인생 마지막 경기인 것처럼."

서늘한 눈빛에 침을 삼킨 선수들이 고개를 끄덕였다.

＊　　　　＊　　　　＊

─하프타임이 끝나고 후반전이 시작되었습니다.

─그리고 레알 마드리드에서 선수교체를 알리는군요.

먼저 전반전 내내 부진했던 아센시오가 결국 후반전과 함께 교체 아웃 되었다.

그리고 아센시오를 대신해 들어오는 선수.

카메라가 그의 뒷모습에서 잡은 등번호 7번을 보며, 중계진이 입을 열었다.

—네. 바로 크리스티아누 호날두가 들어오네요.

와아아!

대기심이 선수교체를 알리는 것과 동시에 레알 마드리드의 팬들이 큰 환호를 보냈다.

비록 전성기에 비해 그 퍼포먼스가 눈에 띄게 떨어졌다 하더라도, 그는 리빙 레전드다.

거기다 이번 시즌에도 조커로서 쏠쏠한 활약을 보여줬기에 사람들이 호날두에게 거는 기대감은 컸다. 적어도 공격 기회만 날려먹은 아센시오보다는 낫지 않겠는가.

후반전이 시작되었다.

레알 마드리드 역시 후반전에 대비해 전술적인 변화를 주었다.

—해리 케인이 공을 터치하는 횟수가 많아졌군요.
—역시 오르텐시오 감독이 의도하는 바가 뚜렷하네요.

전반전의 케인은 피니셔로서 패스를 슈팅으로 마무리하는 역할을 수행했다.

하지만 후반전에 들며 그 역할에도 변화가 생겼는데, 바로 호날두의 투입으로 인한 변화였다.

—순간적으로 뒤로 돌아갔던 호날두의 헤더! 살짝 빗나가네요!

—굴라치 골키퍼가 안도의 한숨을 쉽니다!

기동력이 떨어졌지만 공이 없을 때의 움직임과 골감각만큼은 여전한 호날두다.

그는 순간적인 움직임으로 라이프치히의 수비진을 헤집었고, 케인과 이스코는 그런 호날두를 돕거나 때로는 직접적인 슈팅을 때렸다.

"그쪽 맡아! 빨리!"

벨미르의 지휘를 받은 베르나르두가 이를 악물며 뛰었다.

언제 저기까지 갔는지, 수비 사이를 파고들며 뒤 공간을 노리는 호날두가 있었기 때문이다.

—이스코의 스루패스를 차단한 베르나르두! 좋은 위치 선정이었습니다!

—까딱하면 일대일 찬스가 나올 뻔했는데, 잘 막았어요!

지금과 같은 상황이 몇 번 더 있었다.

레알 마드리드는 계속해서 공격을 퍼부었지만, 중요한 건 직접적인 골 찬스가 나오지 않는다는 거였다.

"성가신데."

이번에도 케인의 슈팅이 수비수들에게 막히는 걸 보며 오르텐시오가 입을 열었다.

성가시다는 건 다른 게 아니다.

저기 라이프치히의 주장 완장을 찬 저 녀석.

중원과 수비 라인을 지휘하며 레알 마드리드의 공격을 막아
내는 저 벨미르란 녀석이, 매우 성가셨다.

─다시 한번 협력수비로 케인을 묶어내는 벨미르! 아주 좋습니
다!

─오늘 경기는 벨미르의 커맨딩 능력이 눈에 띄네요. 상황을
정확히 파악하고 있어요.

"올라가, 새끼들아!"

그 말과 함께 벨미르가 강한 롱패스를 보냈다.

대지를 가르는 패스가 왼쪽 측면에 있던 포르스베리에게 배
달되었다.

"올라가라신다!"

익살스럽게 소리친 포르스베리가 왼쪽 측면을 빠르게 돌파
하며 크로스의 압박을 벗어났다.

빠른 역습으로 인해 레알 마드리드의 선수들이 복귀하기엔
시간이 걸리는 상황.

달리 말하자면 절호의 기회라는 말이다. 카르바할이 돌아오
지 못한 빈자리를 누비던 포르스베리가 왼발로 크로스를 감아
올렸다.

쾅!

강한 회전이 걸린 공이 페널티박스를 향해 휘었다.

'할 수 있어.'

바예호를 뿌리친 베르너가 높이 뛰어올랐다.

하지만 그 순간 어깨를 잡는 손이 있었다.

몸을 욱여넣으며 먼저 머리를 들이미는 녀석은 바란이었다.

'병신.'

'아, 시발.'

말을 하지 않아도 그런 대화가 오간 것 같았다.

그렇게 멀리 걷어내진 공이 두어 번 튕길 때쯤, 그런 루스볼을 향해 뛰는 선수가 보였다.

─사비치이이!

192㎝에 달하는 장신의 미드필더.

그가 흐르는 루스볼을 강하게 때려 넣었다.

쾅!

대포알 같은 슈팅이었다.

먼 거리에서 논스톱으로 때린 슈팅은 낮게 깔리며 골문 구석을 노렸다.

그 슈팅을 커버하기 위해 바예호가 발을 뻗었지만, 오히려 발끝을 스친 슈팅은 방향이 굴절되고 말았다.

겨드랑이 아래로 빠지는 공을 보며 케파가 눈을 크게 떴다.

―고오오오올! 기회를 엿보며 달렸던 사비치가 결국 골을 터뜨
립니다!

―다시 한번 경기를 앞서나가는 데 성공한 라이프치히!

짜릿한 골 맛에 사비치가 몸을 부르르 떨었다. 다른 때도 아
니고 챔피언스리그 결승에서 넣은 골이었기에 감회가 남달랐
다.

곧 라이프치히 동료들이 다가와 사비치에게 태클을 걸듯 껴
안았다.

"잘했어, 멀대!"

벨미르의 말과 함께 찰싹하는 소리가 들렸다. 화끈한 통증
에 사비치가 얼굴을 구겼지만, 다른 선수들에게 안겨 있어서
어찌할 도리가 없었다.

그렇게 그들이 셀레브레이션을 나눌 동안 라이프치히의 벤
치도 분주한 상황이었다.

이후 경기 진행에 대해 논의를 끝낸 원지석이 고개를 끄덕였
다.

"뎀메!"

"네?"

"몸 풀고 있어."

벤치에서 다른 동료들과 환호를 나누던 뎀메가 서둘러 외투
를 벗었다. 조끼만을 걸친 그는 곧 터치라인까지 나와 몸을 풀

기 시작했다.

　─뎀메가 몸을 풀기 시작했군요.

　─확고한 주전은 아니지만, 꽤나 많은 경기를 뛰며 좋은 실력을 보여준 수비형미드필더입니다.

　뎀메는 세리, 사비치, 벨미르와 꾸준히 로테이션을 돌았기에 적지 않은 경기를 뛰었다.

　덕분에 다른 선수들 역시 체력적인 부담을 덜었고, 이는 팀의 퍼포먼스가 유지되는 데 매우 큰 도움을 보탰다.

　삐이익!

　경기가 다시 시작되며 레알 마드리드는 거센 공격을 퍼붓기 시작했다.

　이제는 해리 케인 역시 직접적인 슈팅을 노렸고, 호날두가 세컨드 볼을 노리는 식의 전개를 많이 볼 수 있었다.

　─크로스의 슈팅을 막아내는 굴라치! 좋은 선방입니다!

　─두 번은 당하지 않겠다 이거군요!

　전반전의 동점골과 비슷한 슈팅이 나왔지만, 몸을 던지며 잡아낸 굴라치가 긴 숨을 내쉬었다.

　경기는 점차 막바지로 흘러갔다.

　레알 마드리드는 백업 공격수인 마요랄이 코바치치와 교체되어 들어갔다.

　공격력 강화를 노렸겠지만, 그럼에도 라이프치히의 골문을 뚫는 것은 쉽지 않아 보였다.

　—라이프치히가 선수교체를 알리네요.
　—세리가 빠지고 뎀메가 들어가는군요?

　중앙의 플레이메이커인 세리가 빠지고 수비형미드필더인 뎀메가 투입되었다.
　뎀메는 왕성한 활동량으로 경기장 이곳저곳을 밟으며 원지석의 기대에 충실히 부흥하는 중이었다.
　그러던 순간.
　레알 마드리드에게 다시없을 기회가 찾아왔다.
　"아악!"
　사비치의 파울에 드리블을 하던 카르바할이 쓰러졌다. 하지만 크로스가 세컨드 볼을 가지며 아직 공은 레알 마드리드가 소유하고 있는 상황.
　어드밴티지를 인정한 주심이 두 손을 뻗었다.
　동시에 날카로운 롱패스가 페널티박스를 향했고, 이 패스를 받기 위해 높이 뛰어오른 선수가 있었다.

　—호날두우우!

나이가 들었음에도.

점프력만큼은 여전한 호날두가 말이다.

*　　　*　　　*

퉁!

완벽한 헤딩이다.

무책임할 정도로 날카롭고, 높았던 롱패스에 머리를 갖다 대는 그 모습을 보며 다른 말을 덧붙일 수 있을까.

헤딩 경합을 하기 위해 점프를 했던 뎀메마저 멍하니 위를 볼 수밖에 없었다.

헤딩과 함께 공의 방향이 꺾였다.

마치 골문을 향해 스파이크를 때리듯.

구석으로 내리꽂히는 공을 모두가 보았다.

"시바아아알!"

비명을 지르듯 굴라치가 몸을 던졌다.

무리일까?

아니, 정말로 공이 골라인을 넘기 전까지는 모른다.

'모른다고, 이 개새끼들아!'

부릅떠진 굴라치의 눈에는 공이 슬로우 모션이 걸린 것처럼 느리게 보였다.

뻗은 손끝이 공에 닿았다.

이를 악문 그가 손가락에 모든 힘을 집중했다.

―으아아! 굴라치이이! 이걸 막아버리나요!

―정말, 정말 굴라치 골키퍼의 하이라이트에 평생 따라다닐 선방이 나왔습니다!

결국 굴라치는 공을 막아내는 데 성공했다.

완벽한 헤딩과 그걸 허용하지 않는 환상적인 선방.

경기장에 있던 모든 사람들이, 아니, 중계로 경기를 보던 사람들까지 모두가 입을 다물지 못할 장면이었다.

"잘했어, 잘했다고!"

벨미르가 그런 굴라치의 얼굴을 두 손으로 잡고선 이마를 맞대며 소리쳤다. 굴라치 역시 자신의 왼쪽 가슴을 두드리며 함성을 질렀다.

―주심이 코너킥을 선언합니다.

―경기 시간이 시간인 만큼, 마지막 찬스일지도 모를 중요한 세트피스네요.

선방에 막힌 공은 라인을 넘으며 레알 마드리드의 코너킥으로 선언되었다.

곧 양 팀의 선수들이 페널티에어리어에 자리를 잡았다. 코너킥의 키커로는 이스코가 섰고.

─낮은 패스로 공을 넘기는 이스코.
─멀리 공을 띄우는 대신 지공을 선택했군요?

미리 약속된 플레이였는지 근처에 있던 카르바할이 공을 받았고, 중앙으로 공을 연결했다.
카르바할이 공을 받을 때부터 도움닫기를 하던 크로스가 논스톱 슈팅으로 다시 한번 골문을 노리려 할 때였다.

─아! 슬라이딩태클로 슈팅을 커버하는 사비치!
─미리 예상을 하고 있었나요?!

거구의 미드필더가 몸을 누우며 빠르게 쏘아진 슈팅을 막아냈다.
크로스의 중거리 슈팅을 조심하라.
이미 하프타임의 라커 룸에서 몇 번이나 되새겼고, 지금까지 잊지 않은 사비치가 늦지 않게 몸을 던진 것이다.
사비치의 종아리를 맞고 튕긴 공이 다시 허공에 떠올랐다.
그걸 보며 주춤주춤 뒷걸음질을 치던 해리 케인이 바이시클 킥을 날리려 했지만, 언제 왔는지 옆에서 몸을 비비는 벨미르 때문에 포기하고 말았다.
"짜증 나게!"
"짜증 나면 꺼지든가."
그렇게 몸싸움을 하던 도중 느닷없이 주심의 휘슬 소리가 울렸다.

고개를 갸웃거리던 벨미르는 그를 가리키는 주심을 보며 얼굴을 구겼다.

"아니, 뭐야. 내 반칙이라고?"

"너무 심하게 밀었어."

"뭔 개… 후우."

화를 내려던 녀석이 긴 한숨과 함께 고개를 저었다.

오늘 주심은 자신의 판정에 항의하는 선수에겐 가차 없이 카드를 꺼냈다. 여기서 실랑이를 벌였다간 쓸데없는 카드를 받게 될 터.

"아니, 장난합니까? 저게 파울이라고!"

대신 터치라인에 있던 원지석이 부심에게 달려가 격한 항의를 했다.

자신을 노려보는 사나운 눈초리에 침을 꿀꺽 삼킨 부심이 당황하며 고개를 돌렸다.

—라이프치히의 감독이 꽤나 화를 내는군요?

—경기가 끝나기 전이고, 그것도 앞서고 있는 상황인 만큼 민감할 수밖에 없겠죠.

결국 레알 마드리드가 프리킥 찬스를 잡았다.

키커로는 두 명의 선수가 섰다.

한 명은 크로스고, 다른 선수는 호날두다.

슈팅 능력에 일가견이 있는 해리 케인은 세트피스 공격에 참가하기로 한 모양이었다.

키커로 나선 두 선수가 손으로 입을 가리며 무언가를 속삭였다.

"그렇게 할까?"

"좋지."

논의를 끝낸 둘이 서로를 보며 동시에 고개를 끄덕였다. 그러는 사이 세트피스 수비벽이 완성되었고, 호날두 한 명만이 멀찍이 물러났다.

곧 휘슬이 울리고.

크로스가 공을 툭 건드렸다.

데구루루 구르는 공을 향해 멀찍이 떨어졌던 호날두가 뛰었다.

ㅡ호날두가 직접 차나요?

ㅡ직접 슈팅을 때리는 호날두!

호날두의 슈팅과 함께 수비벽이 점프를 했다.

하지만 그건 실수였다.

낮게 깔린 슈팅은 수비수들의 다리 밑으로 흘렀으니까.

방금 전엔 환상적인 선방을 보여준 굴라치지만, 이번엔 반박자 늦게 몸을 던지고 말았다.

공을 발견하고 몸을 던졌을 땐 이미 골문 구석을 향해 빨려 들어간 뒤였다.

　—고, 고오오올! 설마 했던 동점골이 터지네요!
　—동점골의 주인공은 바로! 크리스티아누 호날두!

"호오우!"
　극적인 동점골을 터뜨린 호날두가 코너킥 깃발이 있는 곳까지 달려가 특유의 셀레브레이션을 펼쳤다.
　라이프치히 선수들은 허망한 얼굴을 숨기려는 것처럼 고개를 들지 못했다. 그대로 경기를 끝낼 수 있었는데, 얼마 남지 않은 상황에 골을 먹히고 말았다.
　"경기 끝났냐? 다 고개 들어!"
　팀의 주장인 벨미르가 그런 선수들을 격려하며 정신을 차리게 만들었다.
　그 노력이 헛되지 않은 건지, 라이프치히 선수들이 고개를 끄덕이며 자리로 돌아갔다.

　—라이프치히가 선수교체를 알립니다.
　—공격수인 오귀스탱이군요.

　원지석은 오른쪽 풀백인 베르나르두를 빼며 공격수인 오귀스탱을 투입시켰다.
　이번 시즌 리그에서만 18골을 넣은 오귀스탱은 공격적인 모습을 기대하기에 손색이 없는 선수였다.

하지만 후반전이 끝날 때까지.

더 이상의 골은 터지지 않았다.

삐이익!

결국 추가시간마저 끝나며 휘슬이 울리자, 양 팀의 선수들이 주저앉듯 그라운드에 엉덩이를 붙였다.

벤치에 있던 선수들과 코치들은 당장 뛰어가 그들의 다리를 마사지해 주었고, 감독들은 연장전을 위한 전술을 설명하는 중이었다.

―결국 경기가 연장전까지 돌입하는군요.

―라이프치히에게 있어선 아쉬울 판정이겠지만, 지금으로서선 곧 다가올 30분을 이겨내야겠습니다.

스타드 드 프랑스에 모인 라이프치히 관중들이 주심에게 야유를 보냈다. 결국 아쉬운 판정으로 선언된 프리킥이 동점으로 이어졌으니, 화가 날 만했다.

연장전이 시작되기 전.

라이프치히 선수들은 각오를 다지기 위해 어깨동무를 하며 동그랗게 모였다.

"좆 같지만 어쩌겠어. 잊어야지."

주장인 벨미르의 말에 그들이 웃음을 터뜨렸다. 하지만 정답이기도 했다. 계속 다른 데에 정신이 팔렸다간 이후 연장전에 집중을 하지 못할 테니까.

"다 죽여 버려!"

벨미르의 선언과 함께 허리를 숙였던 그들이 몸을 일으켰다.

연장전이 시작되었다.

이제부턴 정신력 싸움이다.

양 팀 모두 세 장의 교체카드를 쓴 지금, 그 선수들이 어떤 활약을 보여주느냐에 따라 승패가 바뀔 수 있다.

—이스코에게서 공을 뺏어내는 뎀메! 깔끔한 태클이네요!

뎀메가 공을 빼앗는 것과 동시에 라이프치히의 역습이 시작되었다.

다만 전후반을 뛰며 체력이 많이 떨어졌기에 선수들 대부분의 기동력이 떨어진 상황.

아직까지 미친 듯이 달리는 선수는 벨미르와 브레노, 그리고 교체로 들어온 선수들뿐이다.

활발히 오버래핑을 하던 브레노가 중앙으로 공을 넘겼다. 이를 사비치를 대신해 들어온 할슈텐베르크가 받았고, 그가 반대쪽 측면으로 공을 연결했다.

—측면에서 안쪽으로 들어가는 자비처!

—지친 기색이 역력하지만 이를 악물고 뜁니다!

자비처 역시 속도가 떨어진 모습을 보이며 힘겹게 측면을 돌파하는 중이었다.

지금 자신을 마크하는 이 유망주의 이름이 뭐 였더라, 그런 것마저 생각하기 싫을 정도로.

"이쪽! 이쪽으로!"

그때 오귀스탱이 손을 들며 레알 마드리드의 수비 라인을 파고들었다. 후반전에 교체로 들어온 만큼 체력적인 여유가 있어 보였다.

젖 먹던 힘까지 짜낸 자비처가 스루패스를 찔렀고.

이를 받은 오귀스탱이 날카로운 슈팅을 때렸지만 골대를 맞으며 빗나가고 말았다.

─아아! 오귀스탱의 매우 아까웠던 슈팅!
─레알 마드리드의 선수들이 가슴을 쓸어내립니다!

찬스를 놓친 오귀스탱이 무릎을 꿇으며 두 손으로 머리를 감쌌다.

그 뒤로도 양 팀은 계속해서 상대 팀의 골문을 두드렸지만, 이렇다 할 소득은 없었다.

삐이익!

마요랄의 어처구니없는 슈팅을 마지막으로.

연장전을 종료하는 휘슬이 울렸다.

―전후반, 그리고 연장전까지 뛴 두 팀의 대결이 결국 승부차기까지 이릅니다!

　―이제 승리의 여신이 어느 쪽을 향해 미소를 지어줄지, 무척 기대가 되네요!

　원지석은 승부차기 키커의 순서를 정하기 위해 명단을 짜는 중이었다.

　슈팅이 좋은 선수라 해도 승부차기는 그 영역이 다르다. 엄청난 압박감을 이겨낼 강한 배짱이 있어야만 했다.

　"처음은 제가 할게요."

　"네가? 괜찮겠어?"

　그리고 손을 든 브레노를 보며 원지석이 볼을 긁적였다. 험상궂은 얼굴과는 다르게 나서는 성격이 아니라는 걸 알기 때문이다.

　하지만 무슨 변화가 있었는지.

　각오를 다진 녀석의 눈을 보며 원지석이 고개를 끄덕였다.

　"뭐 좋아."

　그렇게 승부차기 명단이 완성되었다.

　명단이 제출되었고.

　선수들은 어깨동무를 서며 하프라인에 일렬로 섰다.

　―시작은 라이프치히의 킥입니다.

　―키커는, 아 브레노 선수가 들어오는군요!

공에 입을 맞춘 브레노가 뒤로 물러섰다.

레알 마드리드의 골키퍼인 케파가 좌우로 움찔움찔하며 심리전을 걸었지만, 녀석은 무표정을 고수했다.

삐이익!

휘슬과 함께.

도움닫기를 한 브레노가 슈팅을 날렸다.

─왼쪽 구석으로 낮게 깔아 찬 슛이 들어갑니다!
─침착하게 골을 성공시키는 브레노!

골을 성공시킨 브레노가 주먹을 꽉 쥐며 라이프치히 선수들이 있는 곳으로 돌아갔다.

"잘했어, 꼬맹이."

"이러면 내가 실수할 수 없잖아."

동료들 역시 브레노를 칭찬하며 박수를 보냈다. 녀석이 용기를 냈으니 이제 그들의 배짱을 보여줄 차례다.

레알 마드리드의 첫 번째 키커는 크로스가 나섰다. 아무래도 첫 차례인 만큼 확실한 선수를 내보낸 모양이었다.

─크로스의 슛, 골입니다.
─상단 구석으로 꽂히는군요.

크로스 같은 베테랑 미드필더 역시 부담감이 컸는지, 골이 들어가자 안도의 한숨을 내쉬었다.

이후 양 팀 모두.

두 번째 순서까지는 골을 성공시켰다.

그리고 라이프치히의 세 번째 키커는 팀의 주장이자, 동독의 왕으로 불리는 벨미르였다.

—아, 상당히 멀리 가는데요?

페널티에어리어 바깥으로까지 나가 버린 그가 두 손으로 허리를 잡으며 오연히 고개를 들었다.

이윽고 녀석이 걸음을 뗐다.

비행기의 활주로처럼 먼 거리를 달려간 벨미르는 그 도움닫기만큼이나 힘이 가득 실린 슈팅을 때렸고, 대담하게도 정중앙을 노렸다.

—골 망을 찢어버릴 듯 욱여넣은 슈팅이었네요.

—하하, 사람이 다칠 수도 있었겠는데요?

설마 가운데를 노릴지는 몰랐던지 왼쪽을 막은 케파가 한숨을 쉬며 몸을 일으켰다.

동시에 어깨가 오싹한 느낌이었다. 일명 맞고 뒈져라 슛으로 불려도 손색없을 강슛이었으니까.

그 뒤로도 양 팀의 네 번째 키커까지 모두가 득점에 성공했다.

이제 남은 건 다섯 번째 키커.

여기서 한 선수가 실수를 하게 되면 경기는 그대로 끝나게 된다.

그렇기에 마지막 키커 자리는, 모두가 부담스러워하는 자리이기도 했다.

―아아! 자비처의 슈팅이 골대를 맞고 빗나갑니다!

―고개를 들지 못하는 자비처!

부담감에 짓눌린 탓일까.

결국 라이프치히의 다섯 번째 키커인 자비처가 실축을 하고 말았다.

라이프치히 관중들의 비명 같은 절규와 원지석이 눈을 질끈 감는 장면이 카메라를 통해 전해졌다.

―그리고 이어지는 레알 마드리드의 키커는… 역시나 그로군요.

당당한 걸음으로 공을 놓고.

뒤로 물러나 특유의 자세를 잡는 키커.

그 등에는 7번이란 등번호가 붙어 있었다.

―크리스티아누 호날두가 마지막 키커로서 나섭니다!

"후우."
깊게 숨을 내쉰 그가 발걸음을 뗐다.

* * *

호날두가 뛰는 것과 동시에.
골문 앞에 있던 굴라치가 몸을 좌우로 크게 흔들었다.
키커가 심리적으로 압박을 받든, 당황하든 상관없다. 그로
인해 슈팅에 실수가 생긴다면.
그러나 호날두 역시 오랜 시간을 현역으로 뛰며 많은 경험을
쌓았다. 골키퍼와의 심리전 따위, 이제는 너무나 익숙했고.
'하느님, 감독님 제발.'
헤딩에 이어 이번에도 막게 해주세요.
신과 인간에게 간절히 빌면서도 굴라치는 호날두에게서 눈
을 떼지 않았다.
골키퍼가 페널티킥 상황에서 슈팅을 예측하는 방법은 크게
두 개가 있었다.
시선 처리와 발의 각도.
우선 호날두는 왼쪽을 보고 있었다.
오른발잡이인 그에겐 이상적인 각도일 테지만, 역시 블러핑

일 확률이 있다.

'방향은 맞을 거야. 연장전까지 뛰었으니까.'

힘이 펄펄 넘치던 젊을 때라면 몰라도 만 38세에게 그 시간은 적지 않을 터였다.

결국 힘을 실으면서도 확실하게 찰 수 있는 곳을 노리는데, 굴라치는 그 방향을 호날두의 왼쪽, 즉 그에게 있어서 오른쪽을 막기로 마음먹었다.

발의 각도 역시 안쪽으로 감아 차기 위해 꺾여진 상황. 계산을 끝낸 굴라치가 몸을 던졌다.

'아, 시발.'

속았다는 걸 깨달은 건 바로 뒤였다.

몸을 던지자마자 발을 멈칫한 호날두가, 반대쪽 방향으로 공을 툭 찼으니까.

역방향이 걸린 굴라치가 재빨리 그쪽을 향해 손을 뻗었지만 이미 늦어버린 상황.

몸이 바닥에 쓸리는 통증을 느낄 새도 없이 레알 마드리드 팬들의 환호성이 터졌다.

―고오오올! 굴라치와의 심리전에서 승리한 호날두가 결국 마지막 키커로서 골을 성공시키네요!

―이런 드라마가 또 있을까요! 오랫동안 팀에 헌신한 레전드가 경기를 마무리 짓습니다!

와아아아!

관중들의 거대한 함성을 뒤로하며 달린 호날두가 유니폼 상의를 벗었다.

늙었음에도 자기 관리를 얼마나 꾸준히 한 건지, 아직까지 근육으로 다져진 몸을 뽐낸 그가 그대로 셀레브레이션을 했다.

"호우!"

곧 레알 마드리드 선수들이 그 뒤를 덮치며 소리를 질렀다.

반면 라이프치히 선수들은 이 상황이 믿기지 않는다는 듯 멍하니 고개를 저었다.

'다 이긴 경기였는데.'

두 번이나 앞섰다.

경기를 이길 기회가 있었음에도, 끝내 잡지 못한 것이다.

괴로운 현실을 받아들인 선수들은 결국 눈물을 흘리며 무릎을 꿇었다.

"하아."

감독인 원지석 역시 한숨을 길게 쉬었다.

빠져나온 게 숨인지, 영혼인지 모를 정도로.

이런 충격이 또 있었을까.

이후 메달을 받고 어떻게 라커 룸까지 돌아왔는지, 그는 기억하지 못했다.

선수들 위로는 해주었나?

여기까지 온 팬들에게 인사는 했나?

솔직히 말해 필름이 끊긴 것처럼 머리가 멍한 상태였다.

"미안하다."

라커 룸에 돌아온 그가 힘없이 입을 열었다. 분데스리가에선 전설적인 기록을 세웠지만, 결국 그들에게 약속했던 빅이어를 들게 해주지 못했다.

"트로피를 들지 못한 건, 결국 내 탓이다."

내년을 기약하자는 말 역시 불가능하다.

이제 그는 팀을 떠날 사람이니까.

그랬기에 원지석은 미안하다는 말 말고는 해줄 말이 없었다.

짝.

짝짝짝.

그때 누가 시작했는지는 몰라도, 하나뿐이던 작은 박수 소리는 이내 우레처럼 커지며 라커 룸을 뒤덮었다.

그 박수 소리에 원지석이 눈을 떴다.

기묘한 상황이었다. 오히려 선수들이 감독을 위로하는 상황이라니.

대표로 나선 베르너가 입을 열었다.

"비록 아쉽게 졌고, 슬프지만, 그게 절망할 이유는 되지 않죠."

선수들에게 있어 가장 슬픈 것.

그건 트로피를 놓쳤다는 게 아닌.

더 이상 눈앞의 감독과 함께하지 못한다는 거였다.

"우리에겐 당신과 함께했던 시간이, 그 어떤 트로피보다 빛났으니까요."

선수들의 말에.

결국 원지석은 눈가를 가렸다.

*　　　　*　　　　*

「[키커] 뒷심 부족 라이프치히, 끝내 덜미를 잡히며 승부차기 끝에 패배」

「[마르카] 레알 마드리드에게 빅이어를 선물한 오르텐시오!」

많은 화제를 낳았던 경기가 끝났다.

오르텐시오는 결국 자신이 했던 말을 지키게 되었으며, 그 말처럼 라이프치히는 빈손으로 떠나게 되었다.

「[마르카] 원지석의 천적으로 자리 잡은 오르텐시오?」

천적.

하늘이 내린 적.

축구계에도 그런 말이 존재한다.

어느 한 팀이나, 한 감독에게 유난히 약한 모습을 보일 때 붙여졌고.

가장 대표적인 천적 관계로는 벵거를 상대로 높은 승률을 보였던 무리뉴를 꼽을 수 있었다.

그에 비해 오르텐시오는 경기 수가 적지만, 두 번의 승리에서 보여준 임팩트가 워낙 컸기에 벌써부터 천적이란 말이 붙은 모양이었다.

「[키커] 첫 번째 키커로 나선 이유를 밝힌 브레노」

한편 키커지는 브레노와의 인터뷰에서 왜 첫 번째 키커를 원했는지 그 이유를 물었다.

녀석은 머쓱한 얼굴로 머리를 긁적이며 답했다.

"동료들은 제 배짱이 그리 좋지 못하다는 걸 알아요. 그런 녀석이 나서면, 동료들도 용기를 낼 거라 생각했죠."

이미 진 경기라 하더라도 그 의미가 바래지진 않는다. 브레노는 이번 패배를 통해 많은 것을 배웠고, 더욱 성장하겠다는 뜻을 밝혔다.

그렇게 시즌이 끝났다.

선수들과 코치들은 휴가를 떠났으며.

계약이 만료된 원지석은 구단 사무실에서 짐을 정리하는 중이었다.

'이걸로 두 번째인가.'

박스에 얼마 안 되는 물건을 넣던 원지석의 손이 멈칫거렸다.

사무실에 이 물건들을 처음 놓을 때만 하더라도, 이렇게 오래 있을 거란 생각은 하지 못했다.

[당케, 스페셜 원!]

태블릿 화면을 한 번 켜본 원지석이 피식 웃으며 전원을 껐다. 라이프치히의 공식 홈페이지에 걸린 문구였다.

당케는 감사하다는 뜻을 가진 독일어로, 그동안 팀을 위해 헌신해 준 감독에게 보내는 작별 인사이기도 했다.

"흠."

박스를 테이프로 붙인 원지석이 고개를 끄덕일 때, 주머니에서 진동이 느껴졌다.

스마트폰을 꺼내 화면을 확인하니 케빈이 보낸 메시지였다.

[연락 기다리마.]

케빈을 비롯한, 일명 원지석 사단이라 불리는 코치들 역시 구단과의 계약이 만료된 상황.

그들은 원지석이 새로운 지휘봉을 잡을 때까지 연락을 기다릴 것이다.

다만 발락은 팀의 상징적인 인물로서 라이프치히에 계속 남을 계획이었다.

그렇게 몇 명의 코치들이 떠났고.

이제는 원지석 역시 떠날 차례였다.

"당신이 떠나다니, 슬프군요."

라이프치히의 단장인 랄프 랑닉이 악수를 하며 입을 열었다. 그 옆에 있던 구단 관리인 역시 울 거 같은 얼굴로 고개를 끄덕였고.

말만 그런 게 아니라 실제로 랄프 랑닉은 며칠 전까지 재계약을 건의했었다.

"당신이 그리울 겁니다."

"저도 이곳이 그리울 거예요."

씁쓸히 웃은 원지석이 손을 놓았다.

이걸로 끝.

라이프치히 감독로서의 커리어는 끝맺음을 알렸다.

박스를 차 트렁크에 싣고 운전석에 몸을 실은 그가 시동을 걸었다.

차가 천천히 앞으로 나아갔다. 여기를 보는 것도 이제 마지막이라 생각해서인지, 슬쩍 고개를 돌린 원지석의 눈이 크게 떠졌다.

'저 녀석이 왜?'

처음에는 그냥 지나치려 했지만.

결국 차는 얼마 못 가 세워지고 말았다.

"뭐 하냐."

문을 열고 나온 원지석이 벽에 등을 기대고 있던 벨미르에게 물었다.

녀석은 기운 없는 목소리로 답했다.

"그냥… 놓고 온 게 있어서."

"그래. 그럼 나는 가본다."

이미 선수단과의 뒤풀이는 며칠 전에 했었다. 이제 와서 감동적인 분위기를 잡는 것도 낯부끄러울 테니, 결국 그는 다시 차에 올라탔다.

"하아."

시동을 걸려던 원지석이 백미러를 확인하고선 한숨과 함께 다시 내렸다.

녀석은 울고 있었다.

빅이어를 놓쳤을 때도 눈물을 삼켰던 벨미르가, 지금 이 순간만큼은 눈물을 감추지 못했다.

"하여간 애라니까."

원지석은 지금까지의 일을 떠올렸다. 웃기지도 않은 내기부터, 심각할 정도로 싸운 일, 그리고 주장 완장을 차기까지.

벨미르와 포옹하며 녀석의 등을 두드려 준 원지석이 입을 열었다.

"축구공은 둥글지."

언젠가는.

우리가 아직 그라운드에서 뛰고 있다면.

꼭 만나게 될 것이다.

"챔피언스리그에서 기다리마."

돌이켜 보면 참으로 힘들고, 고단한 여정이었지만, 그렇기에 웃을 수 있는 시간이었다.

＊　　　　＊　　　　＊

「[BBC] 대어급 매물이 풀리다!」
「[키커] 원지석의 새로운 행선지는 어디?」

또 하나의 시즌이 끝났지만.

유럽 축구계는 프리로 풀린 원지석의 행보에 촉각을 곤두세웠다.

비록 챔피언스리그에서 우승을 하지 못했다지만, 다섯 시즌 동안 그가 보여준 지도력은 분명 많은 팀들이 탐을 낼 만했으니까.

특히 분데스리가에서 이룬 무패 우승과 승점 100점은 당분간 엄두도 내지 못할 전설적인 기록이었다.

「[메트로] 원은 잉글랜드에 복귀한다!」
「[AS] 라리가 감독들의 연쇄 이동?」
「[투토 스포르트] 원지석을 노리는 이탈리아 팀들!」

기자들은 벌써부터 염문설을 뽑아냈고, 많은 팀들이 원지석과 연결되고 있었다.

몰락한 명가, 새롭게 떠오르는 신흥 강호, 이미 유럽 최고로 군림하는 팀들까지.

그중에서 원지석을 가장 원하는 팀은 유럽의 강호로서 발돋움을 꿈꾸는 신흥 강호들이었다. 마치 라이프치히처럼 말이다.

"지금은 그저 제의를 받고만 있습니다. 어디로 갈지는 확실치 않군요."

그 소문들의 주인공인 원지석은 어깨를 으쓱이며 답했다.

현재 그는 라이프치히의 집을 정리하고선 런던으로 돌아왔다. 먼저 떠난 캐서린과 엘리는 요크 부부의 집에서 머무르는 중이었고.

그러다 얼굴을 아는 기자에게서 전화가 왔고, 대략적인 이야기를 하던 그가 한숨을 쉬었다.

"일단 휴식부터 하고 싶네요."

—바로 복귀하지 않을 수도 있는 건가요?

"끌리는 제의가 없다면, 그럴 수도 있겠죠."

원지석은 지금까지 굉장히 바쁜 나날을 보냈다. 당장 그라운드로 돌아가고 싶은 것과는 별개로, 지칠 대로 지친 게 사실이다.

"우선은 가족과 여행을 떠나고 싶네요."

그 말처럼.

원지석은 간만에 달콤한 휴가를 보내는 중이었다.

"꺄아!"

"먹는 거 아니에요, 안 돼요!"

원지석의 안경다리를 우물우물 씹던 엘리를 보며 캐서린이 서둘러 안경을 뺏었다.

"우으으!"

"안 되는 건 안 돼!"

눈물이 그렁그렁 맺히는 엘리를 보면서도 캐서린은 단호히 말했다.

이제는 도도도 뛰어다니며 손에 잡히는 이것저것을 맛보는 엘리였는데, 혹시 모를 사고를 미연에 방지하기 위해서라도 확실히 교육을 해야만 한다.

소파 위에서 태블릿을 만지던 원지석이 쓴웃음을 지으며 안경을 건네받았다.

딸아이의 침으로 축축한 부분을 닦은 그가 안경을 멀리 치웠다.

"그래도 낯설어하지 않아 다행이네요."

"네. 그것만큼은 저희 둘을 닮았어요."

계속 머무르던 라이프치히를 떠났기에 아이가 적응을 하지 못하면 어떡하나 싶었지만, 마치 쭉 살아왔던 것처럼 방을 돌아다녔기에 한시름을 놓았다.

'좋다.'

느긋한 휴가에 원지석이 미소를 지었다.

그때 태블릿 화면에 새로운 메시지가 왔다는 알림이 떴다.

다름 아닌 그의 에이전트인 한채희가 보낸 메시지였다.

그 알림을 클릭하고, 내용을 확인하던 원지석의 눈이 점점 이채를 띠었다. 그리고 맨 밑줄에 적혀진 마지막 문장을 보고선 피식 웃음을 터뜨렸다.

「런던이에요. 만날 수 있을까요?」

그 말이 마치.
준비는 됐냐고 묻는 것만 같았다.

42 ROUND
라리가

카페 블랑.

런던에 위치한 카페로, 원지석이 첼시 시절 자주 이용했던 곳이었다.

사장님에게는 미안한 말이지만 사람이 북적이지 않아서 좋은 장소였다.

원지석이 첼시를 떠난 이후로는 그의 에이전트인 한채희가 즐겨 찾는 모양이었다. 오늘 약속 장소도 이곳으로 잡힌 걸 보면.

딸랑.

종이 울리는 소리와 함께 문이 열렸다.

또각또각 울리는 구두 소리에 태블릿을 보던 원지석이 고개를 들었다.

거기엔 검은색으로 자신을 숨긴 여자가 있었다.

타이트한 면바지와 낮은 굽의 구두 역시 검다. 다만 머리를 묶으며 드러난 목덜미는 병적일 정도로 희어서 사람 같지 않은 매력을 뿜냈다.

구단들에겐 검은 마녀라 불리는 그 별명처럼, 정말 사람이 아닌 걸까 싶을 정도로.

한채희.

그의 에이전트가 요사스럽게 웃으며 말했다.

"오랜만이네요."

"그렇군요."

얼굴을 마주하는 건 1년 만이던가. 그 이상일 것이다.

그녀를 본 카페 사장은 익숙하다는 듯 몸을 일으켰고, 곧 커피머신이 치익치익 하는 소리를 울렸다.

원지석의 앞에 앉은 그녀는 가방에서 USB 하나와 종이 뭉치 하나를 꺼냈다.

"보내준 자료는 보셨나요?"

"네. 솔직히 말해 놀랐습니다."

"기름 부자부터 가난한 구단까지 얼마든지. 말만 하세요."

커피를 받은 한채희가 향을 음미하며 조용히 미소를 지었다.

그가 내건 조건은 간단하면서도 어려웠다.

지금까지와는 다른 느낌의 팀이어야 할 것. 다만 한채희는 그 뜻을 알아차린 모양이었다.

"새로운 도전이라니… 계기가 있나요?"

"계기라. 그런 게 있다고 해야 할지."

쓰게 웃은 원지석이 찻잔을 들었다. 아직 식지 않아 따뜻한 온기가 느껴졌다.

원지석은 분명 커리어 내내 큰 성공을 거두었다. 그처럼 젊은 감독이라면 환상적이라 할 수 있었고.

그러나 트로피를 들면 들수록, 하나의 의견이 꼬리표처럼 따라왔다.

—결국 팀발 아니냐?

—다른 감독이 갔어도 비슷한 성과를 냈겠지.

다른 게 아니라, 원지석이 맡았던 첼시와 라이프치히에는 매우 좋은 선수들이 있었으니까.

그냥 감독 없이 선수들만 굴려도 우승컵을 들지 않겠냐는 소리였다.

이젠 원지석마저 궁금했다.

그들의 말처럼 약팀을 맡는다면 밑천이 털릴까?

과연 지금보다 열악한 팀을 이끈다면 어디까지 할 수 있을까.

'한계를 시험하고 싶다.'

이러한 생각을 하게 된 계기로는 바로 그의 스승인 무리뉴가 있었다.

그가 그런 조언을 했다는 말이 아니다.

원지석이 아직 축구계에 발도 넣지 못했을 시절, 무리뉴는 변방 리그의 팀인 포르투를 이끌고 유럽을 제패했다.

언더도그의 반란이자 무리뉴가 유명세를 떨치게 된 계기지만, 동시에 다른 요소가 있다.

지금의 원지석과는 달리 약팀 강팀에 얽매이지 않는 감독이 되었다는 것.

실제로 첼시에 처음 부임한 무리뉴가 많은 돈을 쓸 때, 당시 맨유의 감독이었던 퍼거슨은 그런 첼시를 비판한 적이 있었다.

'축구는 돈이 전부가 아니다.'

'퍼거슨의 말이 맞다. 난 맨유 예산의 10%인 포르투로 그들을 꺾었거든.'

이런 설전이 대표적이듯.

언더도그을 최고로 올려놓은 그에겐 팀발이란 비판이 적은 편이었다.

'나는.'

나는 어떨까.

원지석이 그런 결정을 하게 된 계기는.

어찌 보면 무리뉴를 넘고 싶어 하는 아집에 가까웠다.

"계기라고 하기엔 조금 유치하거든요. 하지만 가볍게 생각한 결정은 아니에요."

예전에 퍼거슨을 만났을 때.

전설적인 감독은 그런 말을 했었다.

너무 쉽게 도전하지도, 너무 쉽게 포기하지도 마라.

지금 그의 도전은 쉽게 정한 게 아니다. 매우 고민한 뒤 내린 결정이었으니까.

"기름 부자들은 걸러야겠군요."

"그럴 줄 알고 뺐어요."

"역시."

여기 있는 서류들은 어제 있던 자료들 중에서도 더욱 간추린 팀들이었다.

다만 새로운 도전을 한다고 해도 여전히 바뀌지 않는 한 가지가 있었는데, 바로 보드진이 감독에게 확실한 믿음을 보여줘야 한다는 것.

파리 목숨처럼 잘리긴 싫었으니까.

결국 원지석은 몇 가지의 팀을 뽑아냈다.

"이대로 괜찮겠어요?"

"네. 협상을 하면서 그들의 태도가 달라진다면, 그때는 미련 없이 발을 빼서도 돼요."

그 말에 한채희는 묘한 미소를 지으며 턱을 괴었다.

그저 가공되지 않은 원석이라고만 생각했는데, 눈앞의 감독은 예상보다 훨씬 빛나는 보석일 가능성이 컸다.

'세공을 끝내는 게 아쉬울 정도야.'

원지석도 그렇고.

요즘엔 재미있는 일이 부쩍 늘은 그녀였다.

"지금부터라도 스페인어를 공부하시는 게 좋겠네요."

묘하게 밝아진 분위기로 한채희가 선언했다.

*   *   *

「[ABC] 라리가에 접촉하는 원지석?」
「[스카이스포츠] 원지석의 새로운 행선지는 스페인이다!」

처음 소식이 알려진 건 스페인이었고.

정보가 퍼진 건 순식간이었다.

지금까지 공신력이 낮은 곳에서 다룬 기사들과는 다르게, 이번엔 스페인 최고의 공신력 중 하나로 꼽히는 ABC에서 컨펌한 정보인 것이다.

갑자기 급부상하는 스페인행 루머를 보며 사람들은 색다른 반응을 보였다.

정말 새로운 리그에 도전을 한다는 것에 대한 경이로움, 그리고 이번에도 통할까 싶은 의구심을.

「[마르카] 오르텐시오에게 복수를 꿈꾸는 원지석?」

먼저 사람들의 머릿속엔 얼마 지나지 않은 챔피언스리그 결승전이 떠올랐을 것이다.

혹자는 빅이어를 뺏어간 오르텐시오에게 복수를 하기 위해 라리가로 진출할 생각을 한 게 아니냐는 의견을 꺼냈다.

프리메라리가.

스페인 1부 리그를 뜻하는 말이며, 오랫동안 유럽 축구 최고의 리그로 군림한 곳이기도 하다.

최근엔 신계라 불리던 레알 마드리드와 바르셀로나가 부진을 겪으며 흔들렸지만, 지난 시즌 레알이 빅이어를 들며 자존심을 세웠다.

다만 라이벌이자 앙숙인 바르셀로나에겐 자존심이 구겨질 일일 것이다.

그랬기에 그들은 새로운 감독으로 원지석을 노렸다.

「[RACI] 바르셀로나의 제의를 거절한 원지석!」

「[스포르트] 그는 왜 거절했는가?」

실제로 영입 제의가 왔었고.

원지석은 그들의 제안을 거절했다.

사실 이때까지만 하더라도 사람들은 다시 협상을 한다거나, 아니면 AT 마드리드로 가지 않을까란 생각을 했다.

현재 레알 마드리드에게 맞설 팀은 그 두 팀뿐이었으니까.

「[ABC] 발렌시아와 세비야, 원지석을 두고 경쟁!」

하지만 구체적인 팀들이 언급되자.

사람들은 또다시 고개를 갸웃거렸다.

바르셀로나를 거절하고 왜 저 두 팀을?

발렌시아 CF와 세비야 FC, 두 팀 모두 강팀이라 하기엔 부족한 팀들이었다.

먼저 발렌시아 같은 경우는 심각한 부진 이후 반등에 성공한 적이 있었다.

바로 마르셀리노 감독의 부임 시절이었다.

챔피언스리그에 복귀하고, 날개를 펴는 일만 남았던 박쥐 군단은 결국 그 마르셀리노가 떠나며 다시 추락하고 말았다.

세비야 역시 기복이 매우 심한 모습을 보여주며 강팀이라 하기엔 부족한 상황.

—명장병 생겼냐?
—이러다가 망하면 웃기겠네.
—선수발 감독이 저기 가면 밑천만 털릴 텐데?
—선수발은 개뿔이 선수발. 강등권 팀이랑 조별 예선에서 떨어지기만 하던 팀을 바꾼 게 누군데.

아마 두 팀의 팬들을 제외하곤 부정적인 반응이 더 많은 게 아닐까 싶었다.

그러한 여론을 신경 쓰지 않은 원지석은 두 팀과의 조율을 계속해서 하는 중이었다.

"그래서 어때요?"

"아무래도 세비야 쪽에선 당신의 요구에 난처하단 입장이에요."

두 팀을 테이블 위에 올려놓고선 협상을 하던 한채희가 그렇게 말했다.

세비야는 거상이라 불릴 정도로 선수들을 비싼 값에 팔며 이윤을 남기는 구단이다.

만약 핵심 선수를 원지석이 팔기 원치 않더라도, 구단의 입장으로선 수입이 걸려 있기에 무조건 들어주기도 힘든 일.

"발렌시아 쪽 역시 넉넉한 사정은 아니지만요."

발렌시아는 피터 림이란 싱가포르 갑부를 구단주로 뒀지만, 재정적 페어플레이 룰, 즉 FFP 룰을 지키기 위해 핵심 선수들을 헐값에 파는 모습마저 보였다.

만약 원지석이 발렌시아에 간다고 해도 이전처럼 풍족한 재정을 누리는 건 불가능에 가까웠다.

"그래도 이쪽은 요구를 최대한 들어주려는 자세를 취하고 있네요."

"그나저나 괜찮아요?"

"뭐가 말이죠?"

"아니, 발렌시아에서 멘데스의 입지가 꽤 큰 편이잖아요?"

원지석의 말에 한채희가 묘한 미소를 지었다.

슈퍼 에이전트 멘데스.

축구계 최고의 스타들을 거느린 그는 발렌시아와도 밀접한 연관을 맺고 있었다.

그가 거느린 고객들 중 유망한 선수나 감독들을 팀에 꽂았으며, 사실상 단장이나 다름없는 역할을 하는 중이었다.

물론 그런 멘데스를 싫어하는 사람도 적지 않았다. 에이전트가 구단에 너무 강한 영향력을 행사하고 있다는 점, 그리고 그가 꽂은 사람들 모두가 성공하진 않았기 때문이다.

"글쎄요. 지금 구단주의 분위기라면 멘데스와 손절하면서까지 당신을 데려올 거예요."

"그건 나쁘지 않네요."

농담으로 한 말에 원지석의 눈빛이 진지해졌다.

감독 생활 내내 에이전트들의 언론플레이에 염증이 난 그로선 나쁘지 않은 방안이었다.

한때 멘데스의 휘하에서 일했던 한채희는 쿡쿡 웃으며 발렌시아 쪽에 미끼를 풀었다.

몇 시즌간 중위권에서 허덕이는 팀을 반등시키기 위해 혈안인 그들에겐, 참을 수 없는 유혹이었고.

「[ABC] 발렌시아와 협상이 진전된 원지석!」
「[스카이스포츠] 발렌시아 지역에 집을 구하는 원지석?」

발렌시아와의 논의는 긍정적이었다.

가장 협상하기 어려울 것으로 생각되었던 영입과 방출의 권한, 즉 멘데스의 권한을 줄이는 것 역시 막힘이 없었다.

최근 멘데스가 데려온 선수들이 모두 팀을 말아먹는 데 일조하자 보드진 역시 인내심이 한계에 달했던 듯했다.

큰 부분에서의 협상을 끝내고, 세세한 조항을 따질 동안 원지석은 발렌시아에 새로운 집을 구하는 중이었다.

"예뻐라."

베란다에서 바깥의 풍경을 바라본 캐서린이 무심코 감탄을 터뜨렸다.

발렌시아는 스페인의 항구도시로, 관광지로서도 굉장히 유명한 곳이다.

"나도 그냥 스페인에 올까요?"

"여기가 쑥대밭이 될걸요."

엘리를 안은 원지석이 쓴웃음을 지으며 답했다.

이 집은 구단에서 가까운 주택이자, 원지석이 스페인 생활을 할 동안 머무를 곳이었다.

사실 사진으로 마음을 굳혔지만 혹시나 싶어 확인차 온 거였고, 생각보다 마음에 드는 집이었다.

캐서린과 엘리는 이번엔 스페인에서 함께 살지 않았다. 런던에서 머무르며 발렌시아를 들르거나, 아니면 원지석이 잉글랜드에 가기로 했다.

이건 요크 부부의 의견이 컸다.

독일에서 막 돌아온 아기가 잉글랜드, 스페인을 오가는 건 좋지 않다는 판단하에 나온 의견이었고 원지석 역시 고개를 끄덕였다.

"아쁘으!"

안경을 탐내는 엘리를 달래며 원지석이 베란다로 나갔다.

바깥으로 보이는 바다를 보며, 딸아이의 눈이 크게 떠졌다.

"빠다!"

*   *   *

한편 원지석이 발렌시아에서 휴가를 즐겼다는 건 이미 기사까지 났을 정도로 유명한 이야기가 되었다.

사람들은 이제 그가 발렌시아의 감독이 되리란 걸 확신했고, 실제로 계약 역시 막바지에 다다랐다.

남은 건 계약을 알리는 오피셜이었다.

그러던 중.

마침내 모두가 기다리던 소식이 떴다.

「[오피셜] 발렌시아, 원지석을 새 감독으로 선임」

사진에는 계약서에 사인을 하며, 카메라를 향해 웃는 원지석의 모습이 찍혔다.

설마설마하던 루머가 정말로 이루어진 것이다.

박쥐 군단의 새로운 감독은.

바로 원지석이 되었다.

*   *   *

발렌시아 CF.

라리가에서 잔뼈가 굵은 팀이며.

2000년대 초반에 전성기를 보낸 팀이기도 하다.

한때는 레알 마드리드와 바르셀로나를 제외한, 이른바 인간계 최강이라는 소리를 듣던 시절도 있었지만.

결국 재정 악화에 따른 주축 선수들의 이탈로 추락하며 그것도 옛말이 되어버리고 말았다.

이후 마르셀리노 감독과 함께 부흥에 성공했지만, 그것도 잠시뿐이다.

지난 시즌 라리가 10위.

초라한 성적이었고, 더욱 끔찍한 건 점점 악화되어 가는 중이란 거다.

「[카데나 코페] 발렌시아의 감독 잔혹사, 이번에는?」

비극은 팀을 다시 일으켰던 마르셀리노가 떠나며 시작되었다.

마르셀리노 이후 그 빈자리를 채웠던 후임들은 만족스럽지 못한 성적을 거두었고, 이는 칼 같은 경질로 이어졌다.

문제는 그다음이었다.

보드진이 감독을 갈아 치울수록.

발렌시아의 성적은 계속해서 떨어졌기 때문이다.

그럴 때마다 감독을 경질하고, 또 경질했지만 효과는 미미했다. 그런 만큼 현재 발렌시아의 상황은 엉망이었다.

그런 상황에 원지석이 왔다.

현 유럽에서 가장 뛰어난 감독 중 하나가.

솔직히 말해 발렌시아 팬들마저 꿈인가 싶어 **뺨**을 꼬집는 상황일 정도였고.

「[마르카] 원지석이 발렌시아를 택한 이유는 레알 마드리드와의 관계 때문?」

그래서 왜.

발렌시아를 택한 이유는 무엇인가?

수많은 의견들 중에는 그 이유를 복수로 추측하는 사람 역시 있었다.

보통 발렌시아의 라이벌로서는 같은 지역을 연고지로 둔 레반테와 비야레알이 꼽힌다.

하지만 그에 못지않게 사이가 나쁜 곳이 있었는데, 바로 레알 마드리드였다.

본래부터 그리 좋은 사이가 아니지만.

90년대 중반 미야토비치와 얽힌 일이 결정적이었다.

당시 발렌시아에서 활약하던 미야토비치는 많은 사랑을 받았고, 레알 마드리드와의 이적설에선 본인이 직접 팀에 남겠다는 뜻을 밝히며 팬들을 안심시켰다.

그러나 이후.

미야토비치는 레알 마드리드로 떠난다.

심지어 이적료에 본인의 사비를 보탰다는 사실마저 알려지며, 팬들의 뒤통수를 거하게 때리고 말았다.

그때부터 험악해진 두 팀의 관계는 아직까지 이어지고 있으며, 원지석은 이런 분위기를 이용하려는 게 아니냐는 의견이 있었지만.

「[RACI] 원지석의 동기는 '모험'」

「[스포르트] 복수를 원했다면 바르셀로나로 왔을 것이다」

물론 오래 못 가 반박된 의견이었다.

결정적으로 가장 큰 라이벌인 바르셀로나의 제안을 거절했기에 신빙성이 떨어지기도 했고.

다만 그런 의견이 나올 정도로 현재 상황은 충격에 가까웠다.

최고의 감독이라 불리는 사람이 유럽 대항전을 뛰지 못하고, 재정적으로도 풍족하지 못한 팀에 느낄 매력은 전혀 없었을 테니까.

―심지어 원은 발렌시아 팬도 아니라고.

―근데 지금은 누가 와도 부활이 불가능한 수준인데?

―그러게. 무리뉴 할아버지가 와도 안 되겠다.

현재 발렌시아의 스쿼드는 최악에 가까웠다.

그나마 팀을 떠받치던 선수들은 이적하거나 노쇠화로 기량이 떨어졌고, 폼이 좋은 선수들은 팀을 떠나기 위해 발버둥치는 상황.

원지석의 계약기간은 2년.

아무리 능력 있는 감독이라도.

과연 팀을 반등시킬 수 있을지에 대해선 팬들 역시 회의적이었다.

"뭐든 해봐야 아는 거지."

선글라스를 낀 케빈이 입을 열었다.

다른 코치들 역시 고개를 끄덕이며 주변을 둘러보았다.

"관광지라 그런지 분위기가 색다르네요."

"휴가 땐 느긋하게 쉴 수 있겠어."

케빈을 비롯한 그들은 일명 원지석 사단이라 불리는 코치들이었다.

첼시부터 라이프치히까지 함께했고, 이번 발렌시아에서도 함께하며 다시 한번 호흡을 맞추게 되었다.

"텃세는 없을까요?"

"있어도 어쩔 거야. 저 인간이 있는데."

"뭐, 인마?"

자신을 지칭하는 말인 걸 눈치챘는지 케빈이 캬악 날을 세웠다.

그들이 오늘 이렇게 모인 이유는 간단했다. 프리시즌이 시작하기 전에 기존 코치들과 호흡을 맞추고, 훈련 시설 같은 걸 점검하기 위해서다.

"그런데 역시 무리수인 거 아닙니까?"

코치 중 한 명이 그런 의견을 꺼냈다.

발렌시아로 가는 걸 망설였던 코치인데, 고심 끝에 원지석을 따르기로 했지만 걱정이 이만저만이 아닌 모양이었다.

아는 코치들에게 물어물어 속사정을 확인한 결과 발렌시아의 상황은 생각보다 더욱 심각했다.

무엇보다 선수단의 분위기가 붕괴 직전이라 사실상 세기말적인 라커 룸이라는데……

"뭐 우리의 감독님이 어련히 하시겠어."

"호랑이도 제 말 하면 온다더니."

누군가를 발견한 케빈이 선글라스를 벗었다.

한 손에 태블릿을 든 원지석이 오고 있었기 때문이다.

미리 옷을 갈아입었는지, 발렌시아 트레이닝복을 입은 모습이 보였다.

"오셨어요?"

"어때? 시설은 괜찮은 거 같아?"

"나쁘지는 않은 거 같아요. 새로 지은 곳이라 그런지."

발렌시아가 재정적으로 쪼들리는 이유 중 하나는 바로 새로운 홈구장에 있었다.

누에보 메스타야.

정들었던 에스타디오 데 메스타야를 떠나 새롭게 마련한 홈구장.

논의 자체는 꽤나 예전부터 있었지만, 부채 문제 때문에 지지부진하던 것을 현 구단주인 피터 림의 도움으로 겨우 이사를 하게 되었다.

하지만 남은 부채 역시 부담스러운 건 마찬가지인 데다, 근래 발렌시아의 성적이 최악을 찍는 중이라 상황은 나아지지 않았다.

"파산부터 막는 게 우선인가. 재미있네."

"무슨 게임합니까?"

케빈은 현재 상황을 즐기기로 했는지 웃으며 걸음을 옮겼다.

다른 코치들 역시 반신반의한 얼굴로 그 뒤를 따르며, 발렌시아 생활의 첫걸음을 뗐다.

*   *   *

사무실에서 기본적인 정리를 끝내고.

프리시즌까지 며칠 남지 않은 시점에서.

원지석은 드디어 선수들과의 첫 만남을 가지게 되었다.

'이번에는 과연 어떤 녀석들이 있을까.'

라커 룸을 향해 걸어가며 원지석은 지금까지 있었던 두 번의 첫인사를 떠올렸다.

첼시 시절에는 이미 아는 얼굴들이기도 했고, 무엇보다 팀의 상황이 좋지 못했다. 라이프치히는 말 잘 듣는 아이들 같은 느낌이었고.

'아니, 유소년 때까지 하면 세 번인가.'

뭐, 그때는 말썽꾸러기들이었지만.

추억에서 깨어난 원지석이 헛기침과 함께 라커 룸의 문을 열었다.

"흠."

라커 룸 앞에 말없이 앉아 있는 녀석들을 보며 원지석의 눈은 차게 식었다. 무리도 아니다.

이제부터 그가 이끌어야 할 선수들은.

패배감으로 찌든 녀석들이었으니까.

"수산 시장 같군."

뒤따라온 케빈이 그들의 퀭한 눈을 보며 중얼거렸다. 그것도 아주 질이 좋지 못한 수산 시장이다.

"다들 알고 모였겠지만, 이번에 새로운 감독으로 부임한 원지석이다. 잘 부탁한다."

그 말에도 녀석들은 별다른 반응을 보이지 않았다. 무미건조한 박수 소리만이 작게 울렸을 뿐.

아마도 곧 떠날 팀이라 생각했는지, 새로운 감독으로 누가 와도 관심이 없는 듯했다.

"개판이군."

원지석은 그런 선수들을 보며 중얼거렸다.

최악의 첫인상이다.

라커 룸 분위기는 그의 생각 이상으로 좋지 않았다.

"뭐 좋아. 그럼 훈련하러 가자고."

첫 대면부터 소리를 지를 수는 없는 노릇이니, 한숨을 쉰 원지석이 몸을 돌렸다.

그리고 역시나.

훈련장에서도 그 태도가 달라지는 일은 없었다.

이쯤 되니 원지석의 구겨진 얼굴이 꿈틀거렸다. 아무리 프리시즌이고, 첫 훈련이라 하더라도 이건 프로로서의 가장 기본적인 문제였다.

"지금 설렁설렁 뛰는 새끼들, 다 이적 요청한 놈들이야."

"그러네요."

옆에 있던 케빈의 중얼거림처럼.

대놓고 건성건성 뛰는 선수들이 있었다.

흥미로운 점이 있다면 녀석들 모두 구단을 상대로 이적 요청을 했다는 거고.

아마도 태업에 대한 원지석의 대처가 유명했기에 일단 훈련을 참가한 것으로 보였는데, 이래서야 무슨 의미가 있을까 싶었다.

"바이아웃으로는 팔리지 않으니까 그런 거겠지. 지난 시즌을 조진 새끼들이 참."

케빈이 혀를 차며 비웃었다.

라리가만의 독특한 점을 꼽자면 바로 바이아웃을 들 수 있었다.

선수들은 구단과 계약을 할 경우 바이아웃을 의무적으로

삽입해야 했고, 보통은 허무하게 빼앗기는 걸 막기 위해 높은 금액이 설정되는 편이었다.

팀을 떠나기 위해서는 구단이 적당한 몸값을 받아들여야 했는데, 태업에는 가차 없는 원지석에게 찍힌다면 꼼짝없이 묶여야 하지 않겠는가.

"좋아. 오늘은 여기까지!"

그렇게 첫 훈련이 끝났다.

원지석은 이후 코치들과 자료들을 함께 만들며 선수단에 대한 논의를 나누었다.

선수들을 하나하나 체크하며 붙잡아야 할 선수와 방출해야 될 선수들의 리스트를 짜는 사이.

상황은 그에게 좋게 흘러가지만은 않았다.

「[스포르트] 발렌시아의 선수들을 탐내는 구단들!」

장날이라도 된 것처럼 무수한 이적 제의가 쏟아진 것이다.

원지석은 날카로운 눈으로 그 제의들을 훑었다.

솔직한 심정으로는 손해를 감수하더라도 쓸 만한 선수들을 남기고 싶었지만.

이곳은 첼시도, 라이프치히도 아니다.

이전 같았으면 바로 분쇄기에 넣었을 제의도, 발렌시아의 현재 상황으로선 그러기 힘든 행동이었다.

'바뀌어야 한다.'

리그도, 구단도, 선수도 모두 다르다.

그 혼자 고집을 부린다고 될 게 아니다.

이윽고 이적 시장이 열리기 전, 원지석은 겨우 하나의 자료를 만들었다.

"팀을 갈아엎어야 합니다."

코치진들과의 긴 논의 끝에.

보드진 회의에서 내놓은 결론은 그거였다.

"갈아엎는다니, 어떻게 말입니까?"

누군가 한숨을 쉬며 물었다.

발렌시아는 구단주의 재력과는 달리 FFP 룰에서 자유로울 수 없다.

지금까지 FFP 룰을 맞추기 위해 울며 겨자 먹기로 팔아버린 선수가 얼마나 많았던가.

눈앞의 이 젊은 감독이 그걸 모를 리가 없을 터.

"FFP 룰이라면, 사실 간단하죠."

번 만큼만 쓰자는 룰.

원지석은 종이 뭉치를 꺼냈다.

그건 다른 구단들이 보낸 이적 제의서였다.

"번 만큼만 쓰면 되니까요."

「[엘 파이스] 팀을 떠나는 시모네 자자!」

팬들의 머리를 멍하게 울리는 소식이 들렸다.

만 31세의 공격수이자.

지금까지 팀의 주축 공격수로서 활약한 자자가 팀을 떠나게 된 것이다.

—아니, 원지석 미쳤냐?

—자자신 가지 마요, 제발!

사실 객관적으로 보면 합리적인 이적이긴 했다.

언제 폼이 떨어질지 모르는 만 31세의 공격수인 데다.

최근엔 유망주들에게마저 밀리던 선수를 꽤나 좋은 이적료와 함께 팔았으니까.

하지만 팬들에게 자자는 그 이상의 의미가 있는 선수였다.

팀이 망해가는 와중에도 꿋꿋하게 자리를 지켰으며, 많은 승점을 벌어줬다. 거기다 충성심 역시 뛰어났기에 모두에게 사랑을 받았고.

"제가 떠나고 싶다고 말했습니다. 지난 시즌부터 새로운 도전이 필요하다는 걸 느꼈고, 원 감독님은 허락해 준 거뿐이죠."

자자는 인터뷰에서 괜한 오해가 생기는 걸 막으며 팬들에게 작별 인사를 보냈다.

그리고 자자의 이적과 맞물리며.

발렌시아는 새로운 공격수의 영입을 알렸다.

「[오피셜] '가비골' 가브리엘 바르보사, 발렌시아로 이적!」

유럽에서 쓰디쓴 실패를 맛보고 브라질로 돌아갔던.

한때는 브라질 최고의 유망주로 불렸던 가브리엘 바르보사가, 다시 한번 유럽 무대에 도전장을 내민 것이다.

*   *   *

가브리엘 바르보사.

만 26살의 공격수이자.

한때 최고의 유망주로 불렸던 원더 키드.

자국인 브라질에서는 그 네이마르와 비견될 잠재성을 가졌다는 평가를 받았고, 실제로 매우 어린 나이에 뛰어난 모습을 보여주기도 했다.

가비골.

중계진이 이름을 채 부르기도 전에 골을 넣으며 생긴 별명.

하지만 풍운을 안고 진출한 유럽은 그에게 악몽이 되고 말았다.

「[수페르 데포르테] 끔찍했던 가비골의 유럽 생활」

발렌시아의 지역지인 수페르 데포르테는 원지석이 새로 영입한 공격수의 발자취를 더듬었다.

사실 발자취라 할 것도 없었다.

인테르와 벤피카에서 있었던 한 시즌 반 동안, 경기를 거의 나오지 못했으니까.

결국 제대로 된 걸음도 떼지 못한 그는 친정 팀인 산투스로 돌아가고 말았다. 모두가 성공을 의심치 않았던 유망주의 쓰디쓴 실패였다.

「[AS] 발렌시아의 위험한 도박!」
「[마르카] 가비골, 유럽에 다시 한번 도전하다!」

이적료는 약 300억 수준으로, 추후 활약에 따라 추가 이적료가 발생한다.

최근 이적 시장에선 오히려 저렴한 편에 속하는 액수임에도 사람들은 이번 이적을 도박이라 표현했다.

─싼 건 이유가 있지.
─포르투갈 리그에서도 못 나왔는데, 더 큰 리그에서는 좀⋯⋯.
─차라리 31살 자자가 더 낫겠는데?

괜히 그런 말이 나오는 게 아니다. 선수에겐 맞는 리그, 팀, 감독이 있었으니까.

가브리엘 바르보사에게 유럽은 어울리지 않아 보였다.

"우리는 바르보사를 믿습니다."

그런 상황 속에서 원지석이 입을 열었다.

당사자인 바르보사와 함께 자리한 기자회견이었다.

"이 영입을 위해 모든 스카우트 팀과 코치들이 머리를 맞대고서 의논했죠. 저 역시 마찬가지고요."

브라질에 돌아간 바르보사의 퍼포먼스 자체는 나쁘지 않았다. 실제로 라이프치히에 있을 당시 바르보사의 영입을 고민했을 정도니까.

감독과의 몇 가지 이야기를 끝낸 기자들은 이제 고개를 돌려 선수를 보았다.

먹이를 보는 듯한 시선에 녀석이 살짝 굳었다.

"지금까지 당신을 원하던 유럽 팀들이 있었습니다. 그때는 거절했는데, 이번에 발렌시아를 택한 이유를 알 수 있을까요?"

그 말처럼.

젊음이 무기라는 걸까.

브라질에서 폼을 회복한 바르보사를 원하는 팀들은 꽤 있었다. 그중에는 챔피언스리그에 나가는 팀들도 있었고.

그런데 그런 팀들의 유혹을 뿌리치고, 상황이 좋지 못한 발렌시아로 이적하자 그 이유가 궁금해진 모양이었다.

살짝 굳어 있던 바르보사가 헛기침을 한 번 하고선 입을 열었다.

"원 감독님이 라이프치히에 있을 때부터 저를 원했다는 사실을 알고 있습니다. 이번 제의를 통해서 강한 신뢰를 느꼈고요."

유럽에서 겪은 처참한 실패는 선수 본인에게도 강한 상처를 남겼다. 마치 트라우마처럼.

고향에서 자신감을 되찾으면서도 그때의 실패는 가시처럼 걸렸고, 그러던 차에 원지석의 러브 콜을 받으며 재기를 마음먹게 되었다.

「[수페르 데포르테] 과감한 개혁을 준비 중인 발렌시아!」

이후에도 많은 선수들이 방출 명단에 언급되었지만, 아직까진 별다른 진척을 보이지 않았다.

대략적인 윤곽이 잡혔음에도 확실하진 않기 때문이다.

원지석은 이제 막 부임한 감독이고, 우선은 선수들과 서로에 대해 알아가야만 했다. 어찌 보면 그가 주는 마지막 기회라 할 수 있었다.

그렇게 프리시즌이 시작되었고.

첫 경기는 네덜란드 리그의 AZ 알크마르였다.

―아! 기회를 놓치는 발렌시아!

―발렌시아의 감독이 고개를 젓네요!

"하아."

순간적인 수비 실수에 원지석이 한숨을 쉬었다. 선수들의 플레이가 형편없어서?

아니, 그런 문제가 아니다.

"의욕이 느껴지지 않네요. 전혀."

녀석들의 플레이는 흐리멍덩했다. 자기 옆으로 흘러가는 패스를 보면서도 굼뜬 반응을 보였고, 다른 동료들에게 그 부담을 떠넘겼다.

"쓰레기 같은 플레이야."

옆에 있던 케빈이 발렌시아 선수들의 정신머리를 신랄하게 깠다.

만약 라이프치히라면 몸을 던져서라도 공을 막아냈을 것이다. 벨미르가 있었다면 당장 쌍욕을 내뱉었을 거고.

결국 경기는 무승부로 끝났다.

알크마르의 슈팅이 더욱 날카로웠다면, 확실히 패배했을 경기였다.

「[마르카] 스완지와 무승부를 거둔 발렌시아!」

「[스포르트] 발렌시아, 라치오에게 패배!」

하지만 역시나라고 해야 할지.

이후에도 몇 번의 경기가 더 있었지만, 딱히 나아지는 모습은 보이지 않았다.

"이러다간 바로 강등권 감독이 되겠군."

그 자조적인 말과는 다르게.

원지석의 분위기는 매우 흥흥했다.

곁에 있던 코치들이 그 모습을 보며 흠칫 놀랄 정도로.

"아무래도 진짜 화난 거 같죠?"

"응, 마치 그때 같군."

케빈을 제외한 코치들은 몇 년 전의 원지석을 떠올렸다. 그가 첼시의 감독대행이 되었을 때를.

당시 첼시는 힘겨운 강등권 싸움을 벌였고, 선수들은 절망에 찌들어 있었다.

감독대행이었던 원지석은 그런 팀을 개선하기 위해 무서운 감독이 되었다.

말 그대로 사나운 투견이.

"아니, 그때보다 심해."

원지석이 혼잣말처럼 중얼거렸다.

지금 발렌시아가 그랬다.

이기겠다는 생각이, 위닝 멘탈리티가 전혀 느껴지지 않았다.

솔직히 말하자면 강등권 싸움을 할 때의 첼시보다 최악이었다.

"알려줘야지."

대략적인 명단이 확실해졌다.

이제는 그들에게 깨닫게 해줘야 했다.

그의 팀에서 대충 뛰는 게 무엇을 의미하는지.

*   *   *

「[마르카] 발렌시아에 부는 칼바람!」

「[스포르트] 불도저처럼 팀을 갈아엎는 원지석!」

여러 선수들이 팀을 떠났다.

그중에는 애초부터 이적 요청을 한 선수도 있었고, 주급 도둑 같은 먹튀도 있었다.

물론 모든 선수가 떠난 건 아니다. 원지석은 팀의 코어로 삼을 선수들을 정했고, 그런 경우엔 이적 요청을 했다 하더라도 떠나지 못했다.

「[ABC] 가야의 이적을 거절한 원지석!」

「[수페르 데포르테] 발렌시아를 떠나지 못해 불만인 선수들!」

자연스레 불만이 터졌다.

그들을 원하는 팀들 중에선 더 많은 돈을, 명예를 보장하는 곳들이 있었으니까.

추락하는 이 팀에 남을 이유가 없던 것이다.

"너희들을 이렇게 모이라고 한 이유는."

그런 녀석들을 불러 모은 원지석이 좌중을 한 번 훑어보고선 다시 말을 이었다.

"나랑 약속 하나 하자."

"약속 말입니까? 팀에 남아달라는 거면 거절하고 싶은데."

팀의 부주장이자 핵심 풀백인 가야가 얼굴을 구기며 답했다.

이번에 레알 마드리드에게서 온 제의가 거절당하자 꽤나 화가 난 모양이었다.

"비슷하지만 정확히는 달라."

까칠한 대답에 원지석이 웃었다.

이 정도 반응은 애교에 가까웠다.

"난 미래를 위한 팀을 만들어야 하고, 거기엔 너희들의 도움이 필요하다."

거기까지라면 가야의 말처럼 단순히 팀에 남아달라는 부탁이겠지만, 그는 뒷말을 덧붙였다.

"그리고 이번 시즌 챔피언스리그에 진출하지 못한다면… 팀을 떠나겠다는 너희의 말을 들어주마."

그 말에 작은 동요가 일어났다.

선수들은 서로 시선을 교환하며 방금 들은 말의 반응을 나누었다.

어쩌면 1년을 허무하게 보낼지도 모르는 일이다. 그럼에도 선뜻 비웃지 못하는 이유는, 그 말을 한 사람이 원지석이라는 데에 있었다.

새로운 스페셜 원.

지금까지 많은 트로피를 들어 올린 그의 말이었기 때문에.

"그 말을 어떻게 믿죠?"

그렇게 말을 한 녀석은 만 27세의 공격수인 산티 미나였다.

지난 시즌은 발렌시아에겐 최악이지만 그에겐 최고의 시즌이었다. 리그에서만 17골을 넣으며 커리어 하이를 찍었고, 핵심 공격수로 발돋움했기 때문이다.

물론 그 역시 커리어를 위해 팀을 떠나겠다고 밝혔지만 문제는 바이아웃이었다.

1억 5천만 유로.

한화로는 약 2,000억.

신계에 문을 두드린 선수라면 모를까, 선뜻 그 돈을 내줄 구단은 없었으니까.

"미덥지 못하면 재계약이라도 하든가. 챔피언스리그에 나가지 못할 경우 바이아웃을 낮춰주는 조건으로."

"보드진과는 이야기가 된 겁니까?"

"물론. 궁금하면 직접 물어봐도 상관없어."

태연히 고개를 끄덕이는 원지석을 보며 선수들이 침을 삼켰다.

한 시즌 더. 도리어 말하자면 한 시즌은 절대 보내주지 않는다는 말이었다.

라리가 선수들의 바이아웃은 다른 구단들이 넘보지 못하도록 높게 책정되는 편인데, 그 넘보지 말라는 걸 지른 경우는 네이마르 때가 유일했다.

그나마 가능성이 있는 쪽을 택하겠느냐, 아니면 바이아웃을 지르는 팀이 나올 때까지 썩겠느냐.

사실상 선택지가 강제된 상황.

"만약 챔피언스리그를 나간 뒤에도 팀을 떠나고 싶다면, 어떻게 되는 거죠?"

"글쎄. 그때까지 마음이 변하지 않을 자신이 있다면."

누군가의 물음에.

새로운 감독은 자신감이 넘쳤다.

                    *   *   *

「[엘 파이스] 정리를 끝낸 발렌시아!」

많은 선수들이 떠났다.

팬들이 사랑하던 선수도, 욕을 하던 선수들까지도, 대부분
이 고개가 끄덕여지는 방출들이었다.

그럼에도 팬들은 얇아진 스쿼드를 보며 걱정을 감추지 못했
는데, 이제는 까딱하면 강등을 당하는 게 아니냐는 두려움 때
문이었다.

—먹튀 스쿼드에서 습자지 스쿼드로 바뀌었네.

—경기에 내보낼 11명은 채울 수 있겠지?

물론 원지석 역시 이대로 시즌을 시작할 생각은 없었다. 선
수들을 팔며 돈은 어느 정도 생겼으니까.

이제는 누구를 방출하는지가 아닌, 누구를 영입하느냐의 문
제였다.

「[ABC] 이적 시장에서 원지석이 영입할 선수는?」

꽤나 빠르게 합류한 가브리엘 바르보사는 차근차근 팀에 적응하는 중이었다.

인테르 시절에도 멘탈적으로 문제가 있던 선수는 아니었기에 원지석의 전술에 녹아들려는 모습이 눈에 띄었다.

발렌시아는 프리시즌 동안 원지석의 빡센 훈련을 소화하고 있었다. 나태한 녀석들은 방출당했고, 남은 녀석들은 떠나기 위해서라도 이를 악물고 뛰었다.

"추가적인 공격수 보강은 된 거 같네요."

원지석의 말에 다른 코치들도 고개를 끄덕였다.

현재 발렌시아에는 새로운 공격수인 바르보사를 제외하더라도 세 명의 공격수가 더 있었다.

팀의 핵심 공격수인 산티 미나.

31살의 공격수인 호드리구 모레노.

점차 재능을 만개하는 유망주인 페란 토레스까지.

특히 세 명 모두 측면과 중앙을 가리지 않는 멀티플레이어였기에 방출의 필요성은 느껴지지 않았다.

「[ABC] 수비와 중원 보강을 노리는 발렌시아!」

예산이 풍족하지 못한 만큼 헛되이 쓰여서는 안 될 돈이었다.

당연히 A급이라 불리는 선수들은 꿈도 꾸지 못했고, 유망주들이라 해서 무조건 싼 게 아니다.

미래의 슈퍼스타라 불리는 선수들은 그 몸값보다 비싸게 불리는 경우가 많았으니까. 만약 빅클럽들의 경쟁이라도 붙으면 답이 없다.

그랬기에 재정 상황이 좋지 못한 구단은 다양한 방법으로 선수들을 수급한다.

임대를 해 오고, 유망주를 발굴하고.

그중에서도 도박 같은 방법이 하나 있었다.

선수들의 비싼 몸값이 깎이는 경우가.

「[마르카] 재고 떨이를 노리는 원지석?」

「[스포르트] 거대 구단들의 잉여 자원을 노리는 발렌시아!」

그건 바로 새로운 팀에 적응하는 데 실패하며 이적 시장의 매물로 풀린 선수들이었다.

위험 부담이 크지만, 그만큼 성공할 때의 과실이 달콤한 방법.

바르보사도 그렇게 해서 저렴한 가격에 사 온 케이스였다. 그 과육이 떫을지 달콤할지는 시즌이 끝나고 난 뒤에야 알 수 있겠지만.

「[오피셜] 발렌시아, 두 명의 수비수를 영입」

그렇게 해서.

원지석은 두 명의 수비수를 추가로 영입하게 되었다.

토비 알데르베이럴트.

그리고 마티아스 데 리흐트.

선수 생활의 황혼을 불태우려는 노장과, 빅클럽에서 자리 잡는 데 실패한 유망주를.

＊　　　　＊　　　　＊

「[수페르 데포르테] 수비를 보강한 발렌시아, 저렴하지만 효과는?」

저렴하다.

틀린 말은 아니었다.

두 명의 수비수를 영입하는 데 들어간 이적료는 그리 많지 않았으니까.

먼저 만 34세의 토비 알데르베이럴트는 EPL에서 명성을 떨치던 센터백이다.

전성기 시절에는 수비수로서 지녀야 할 모든 걸 갖췄다는 평가를 들었고, 나이가 들며 기량이 하락했음에도 매력적인 자원이었다.

「[ABC] 노련한 센터백에 단 0유로!」

그리고 발렌시아는 그런 선수를 자유계약으로 영입하며 이 적료를 쓰지 않았다.

언제 기량이 떨어질지 모르는 노장이지만, 덕분에 큰 부담 없이 노련한 베테랑을 영입한 것이다.

「[RACI] 캄프 누에선 실패한 데 리흐트, 누에보 메스타야에서의 반전 가능성은?」

마티아스 데 리흐트.

한때 유망주 사관학교라 불렸던 아약스가 간만에 키워낸 대형 신인으로 주목을 받았다.

피지컬만이 아니라 공을 다루는 기술 역시 뛰어났고, 빌드업에서도 나쁘지 않은 모습을 보이던 데 리흐트는 바르셀로나에 있어 최고의 영입으로 꼽혔지만.

리그 스타일의 차이일지.

아니면 압박감에 짓눌린 건지.

리흐트는 팬들이 목뒤를 잡게 만드는 실수를 연발하다 결국 벤치로 밀려나고 말았다.

「[RACI] 데 리흐트의 이적료는 약 2,300만 유로」

2,300만 유로.

한화로 약 300억에 가까운 액수.

추후 활약에 따른 추가 이적료나, 다른 팀으로 이적을 할 때 그 일부를 바르셀로나에게 주는 옵션을 달았기에 가능한 액수이기도 했다.

영입 소식은 그게 끝이 아니었다.

「[오피셜] 맨 시티의 오드리오솔라, 발렌시아로 임대」

알바로 오드리오솔라.

라리가 팀인 레알 소시에다드의 유망주였던 오른쪽 풀백.

레알 소시에다드의 미래를 책임질 선수라 불렸고, 실제로 빠르게 성장하는 모습을 보였다.

이후 거액을 지불한 맨 시티로 팀을 옮겼지만 EPL 생활은 그리 녹록지 않았다. 기본 생활부터 리그 스타일까지 모두 적응하지 못한 것이다.

그럼에도 그 잠재성을 높이 평가한 맨 시티는 임대를 통해 기회를 주기로 했고, 우측 풀백을 찾던 발렌시아와 뜻이 맞았다.

―오드리오솔라면 괜찮은데?
―완전 영입 조항은 있어?
―기사에는 그런 말이 없네.

발렌시아 팬들 역시 이번 이적에 대해선 호의적인 반응을 보냈다.

무엇보다 몬토야 때부터 시작된 우측 풀백 잔혹사가 이번에야말로 끊어지길 바랐다.

「[수페르 데포르테] 수비 안정화를 노리는 원지석!」

여태까지의 이적 시장을 본다면.

원지석이 영입한 선수들은 가브리엘 바르보사를 제외하곤 모두 수비수들이었다.

지난 시즌의 끔찍했던 수비를 생각하면 당연한 보강이었지만, 과연 이 선수들이 기대만큼 잘해줄지는 또 다른 문제였고.

「[마르카] 주먹구구식 영입의 결말은?」
「[스포르트] '실패자'들의 집합소 발렌시아!」

A급 선수들을 사는 대신 유망주들을 모으다가 실패한 팀은 많다. 더군다나 그게 실패를 맛본 선수들이라면 더더욱 미덥지 못할 터.

"돈이 없는 걸 어쩌라는 건지."

기사를 보던 케빈이 입술을 삐죽 내밀며 말했다. 지금까지 쓴 돈을 다 합쳐도, 명성이 높은 선수 하나를 영입하지 못했을 거다.

"반응은 어때요?"

"퇴물 집합소, 쓰레기장, 강등 예약 팀. 뭐 그 정도지."

"흐음."

신랄한 말에도 원지석은 별 관심이 없다는 듯 머그 컵을 홀짝였다.

그런 비난들은 이미 각오한 터다. 결국 결과로 보여주지 않는 이상 계속 따라올 말들이었고.

곧 노트북 키보드의 딸각거리는 소리만이 사무실을 조용히 울렸다.

프리시즌도 거의 지난 지금.

지금까지 있었던 일들을 되짚어보자면, 점차 호흡이 맞는 중이라 할 수 있었다.

"생각보단 쉽지 않을 거야. 어쩌면 시즌이 시작한 뒤에도 계속 삐걱거릴지도."

"그럴 수도 있겠죠. 그걸 조율하는 건 제가 해야 할 일이고."

원지석은 상황을 낙관적으로 보지 않았다.

오히려 그 어느 때보다 긴장하는 중이었다.

까딱 실수라도 하면 돌이키지 못할 아슬아슬한 상황은 그로서도 처음이었으니까.

'잘되면 좋겠지만.'

세상일이 그리 쉽게 풀리지 않는다는 걸 원지석은 잘 알고 있었다.

최악의 경우 선수들이 폼을 회복하지 못한다면, 먹튀가 나가고 새로운 먹튀가 들어온 거뿐이니까.

가장 중요한 건 새로운 이적생들이 얼마나 빨리 팀에 녹아드느냐는 거다.

"괜찮겠냐?"

"뭐가요?"

"아니, 그냥. 너 좋다고 연락한 팀들 많았잖아."

소파에 누운 케빈이 물었다. 한 손에는 반쯤 비운 에너지 드링크를 들고선. 캔을 흔들자 내용물이 찰랑거리는 게 느껴졌다.

새로운 도전을 원한다는 말은 들었지만, 이건 너무 급격하지 않은가.

그 물음에 원지석이 어깨를 으쓱였다.

"전혀요. 끌리질 않아서."

"감독 인생 처음으로 경질당할지도 모르는데?"

"믿어야죠."

선수를, 코치들을, 그리고 그 자신을.

그리고 그런 상황을 이겨낸다면.

원지석은 발렌시아에서의 경험이 본인의 한계를 뛰어넘는 계기가 될 거라 생각했다.

'그런 놈이었지.'

케빈은 말없이 고개를 돌렸다. 혹여 멘탈이 흔들리는 건 아닐까 싶었는데, 괜한 걱정인 모양이었다.

다시 한번 침묵이 찾아오려 할 때 스마트폰의 진동이 정적을 깼다.

화면을 확인한 원지석이 눈을 크게 떴다. 기다리고 있던 전화였는지 그가 전화를 받았다.

"여보세요?"

ㅡ감독님?

전화를 한 이는 발렌시아의 이적을 담당하는 팀에서 일하는 사람이었다.

발렌시아는 본래 단장이 있었지만, 팀이 추락할 당시 사직서를 내고 떠났다. 그게 2017년이었으니 꽤나 된 이야기였다. 이후에는 멘데스가 사실상 단장 같은 역할을 했고.

"어떻게 됐습니까?"

원지석이 그의 전화를 기다린 이유는 하나였다. 최근 비밀리에 진행 중인 이적이 있었기 때문이다.

이미 몇 번의 제의를 거절당했지만 끈질긴 제의 끝에 겨우 협상에 들어갈 수 있었다.

ㅡ음, 그게.

잠시 뜸을 들인 상대방이 결과를 전했다.

조용히 그 말을 듣던 원지석이 고개를 끄덕였다.

"알겠습니다. 고생하셨어요."

이윽고 전화가 끊어지고.

스마트폰을 내려놓은 그가 의자에 등을 기대며 긴 숨을 내쉬었다.

"후우."

"어떻게 됐어?"

슬쩍 몸을 일으킨 케빈이 턱을 괴며 물었다. 내색은 하지 않았지만 그 역시 궁금한 모양이었다.

한시름을 놓은 원지석이 미소를 지으며 답했다.

"됐어요."

「[오피셜] 레알 베티스의 다니 세바요스를 영입한 발렌시아!」

다니 세바요스.

만 26세의 미드필더이자.

이적 시장이 열리기 전부터 원지석이 가장 공을 들였던 매물 중 하나였다.

그 과정도 꽤나 기구했다.

처음에는 레알 베티스에게 이적료를 문의했고, 요구한 돈을 구했을 땐 조건이 바뀌었으며, 그런 요구를 다 맞춰주니 이번엔 선수 측에서 이적을 거절했으니까.

「[엘 파이스] 세바요스, 원 감독의 전화가 나의 마음을 돌렸다」

그런 세바요스를 끝까지 설득한 건 원지석이었다.

통화는 그리 길지 않았다.

다만 그 짧은 통화에서 무언가를 느낀 세바요스는 생각할 시간을 달라 했고, 긴 고민 끝에 발렌시아로 가겠다는 뜻을 밝혔다.

「[마르카] 다시 한번 친정 팀을 떠나는 세바요스!」

레알 베티스에서 성장한 세바요스는 이후 레알 마드리드의
눈에 띄며 이적을 하게 된다.

하지만 그 쟁쟁한 미드필더들 사이에 그가 들어갈 틈은 없
었고.

결국 새로운 도전을 위해 EPL로 떠났지만, 거기서도 적응을
하지 못하며 쓸쓸히 친정 팀인 레알 베티스로 복귀했다.

다행히 고향 물맛은 달랐는지.

재기에 성공한 세바요스는 뛰어난 퍼포먼스를 보이며 팀을
이끌었다.

발렌시아의 팬들 역시 지금까지 영입한 선수들 중 가장 믿
음직스럽다는 반응이 나왔다.

「[엘 파이스] 플레이메이커를 보강한 발렌시아!」
「[수페르 데포르테] 마침내 다니 파레호의 후계자를 찾다!」

다니 파레호는 팀의 주장이자, 만 34세가 되는 미드필더다.

슬슬 은퇴를 준비해야 하는 나이인 만큼 세바요스는 완벽한
대체자가 되어줄 거란 기대가 컸다.

물론 그만큼 무리를 하기도 했다.

남은 돈을 세바요스의 영입에 쏟아부었을 정도니까.

「[ABC] 원지석, 발렌시아의 이적 시장은 끝났다」

원지석은 더 이상의 영입이나 방출은 없을 거라며 못을 박았다. 원하던 구색은 맞췄다. 이제는 이 재료들을 하나로 녹이는 일만 남았을 뿐.
발렌시아는 남은 시간 동안 서로와의 호흡을 맞추고, 원지석의 전술에 녹아드는 데 총력을 기울였다.

「[마르카] 곧 시작될 2023/24 시즌!」
「[스포르트] 이번 시즌 주목할 4개의 팀은?」

사람들은 시즌을 앞두고 세 팀의 강세를 예상했다.
최근 라리가를 지배했던 레알 마드리드, 바르셀로나, AT 마드리드를 말이다.
거기에 발렌시아 역시 주목할 팀으로 꼽히며 눈길을 끌었다.
새로 부임한 원지석도 그렇지만, 무엇보다 새롭게 들어온 선수가 많았기에 어떤 모습을 보여줄지 기대를 모았다.

「[마르카] 강한 자신감을 내비치는 오르텐시오!」

"지난 시즌과 비교하면 매우 힘든 상황이죠. 그래도 우리 팀은 할 수 있습니다."

거기까지 말한 오르텐시오가 이를 드러내며 웃었다. 마치 만화 캐릭터처럼 이가 반짝인 느낌이었다.

다가올 시즌을 앞두고 감독들의 대결 역시 사람들의 주요 관심사였다.

레알 마드리드의 오르텐시오나, 오랫동안 AT 마드리드의 지휘봉을 잡은 시메오네는 차치하더라도.

바르셀로나 역시 감독을 바꾸며 각오를 다졌기 때문이다.

캄프 누의 새로운 감독은 최근 주가를 올리는 마우리시오 사리였다.

한때는 나폴리를 이끌며 스쿠데토를 차지했고, 챔피언스리그에서 원지석과 격돌한 적이 있는 감독이었다.

"빡세네."

원지석은 이번 시즌의 목표를 챔피언스리그 진출로 잡았다. 아무래도 팀이 완전히 하나로 녹아들기엔 그만한 시간이 필요했기 때문이다.

마침내 시즌이 개막되었다.

첫 상대는 CD 레가네스.

강등과 승격을 반복하는 팀으로, 지난 시즌에는 잔류에 간신히 턱걸이를 했다.

―모두가 궁금해하던 발렌시아의 경기가 곧 시작됩니다!
―레가네스를 상대로 어떤 모습을 보여줄지 기대가 되네요!

발렌시아의 라인업이 발표되었다.

골키퍼 장갑은 하우메 도메네크가 꼈으며.

포백은 가야, 토비, 데 리흐트, 오드리오솔라가.

중원에는 파레호, 콘도그비아, 솔레르가.

최전방에는 페란 토레스, 산티 미나, 가브리엘 바르보사가 섰다.

―433 포메이션이지만, 기형적인 442 포메이션으로 보이기도 합니다.

―솔레르 선수는 중원만이 아니라 측면미드필더로도 뛸 수 있는 선수니까요.

이적 시장 막바지에 합류한 세바요스는 아직 동료들과 호흡을 맞추는 중이었기에 선발로 투입되진 않았다.

이번 시즌에도 주장 완장을 찬 파레호는 나이가 무색하게 뛰어난 패스를 보여주는 플레이메이커이고, 콘도그비아는 많은 활동량으로 중원을 지배하는 박스 투 박스 미드필더다.

솔레르 역시 뛰어난 활동량으로 중원을 압박하며, 우측 윙어 자리에서도 뛰는 멀티플레이어였다.

과연 어떤 모습을 보여줄지.

모두가 주목하는 경기가 시작되었지만.

「[마르카] 발렌시아, 충격 패!」
「[스포르트] 원지석의 끔찍한 데뷔전!」

그 시작은 꽤나 좋지 못했다.

43 ROUND
집 떠나면 고생

여러모로 충격이 큰 경기였다.

데뷔전이자 첫 패배.

그것도 지난 시즌까지 쉽게 이겼던 레가네스에게 당한 패배
니까.

가장 크게 두드러진 문제점은 바로 선수들 간의 호흡이었다.
어설프단 느낌을 지우진 못한 팀워크는 눈살이 찌푸려질 정도
였다.

「[AS] 스페인 복귀전을 치른 토비 알데르베이럴트」

선수들 중에선 토비의 복귀전이 주목을 받았다.

한때 AT 마드리드의 선수였던 그는 주전 경쟁에서 밀리며 EPL로 떠났지만, 다시 돌아온 지금은 나쁘지 않은 활약을 보였다.

팬들은 노장의 데뷔전에 만족감을 드러냈다.

다만 같은 신입생인 데 리흐트나 오드리오솔라에겐 실망을 표했다.

함께 데뷔전을 치른 둘은 경기 내내 불안한 모습을 보이며 결국 실점을 허용하고 말았기 때문이다.

그것도 결승골을.

「[수페르 데포르테] 이제 겨우 한 경기다」

데뷔전이라는 의미가 쓰라릴 뿐, 벌써부터 실망하기에는 아직 이르다.

그 말처럼 시즌은 이제 시작되었다.

팬들은 발렌시아가 얼마 지나지 않아 궤도에 오를 거란 생각을 의심치 않았다.

「[AS] 지로나와 무승부를 거둔 발렌시아!」
「[마르카] 발렌시아, 셀타에게 패배!」
「[스포르트] 좀처럼 부진에서 벗어나지 못하는 박쥐 군단!」

그러나 사람들의 예상과는 다르게.

발렌시아는 단 한 번의 승리를 거두지 못했다.

이제 리그 여섯 경기가 지났음에도 말이다.

답답한 경기력 끝에 무승부를 거두거나, 혹은 어이없는 실수로 골을 먹히며 패배를 할 때엔 팬들의 복장이 터질 지경이었다.

─야! 우리도 무패 우승하겠는데?

─2부 리그에서나 그러겠다, X발.

─저거 가면 벗기면 네빌 나오는 거 아니냐?

자연스레 팬들의 불만이 터졌다. 설마 지난 시즌보다 더 엉망인 스타트를 끊을 줄 누가 상상이나 했을까.

누군가는 팬들의 금기어에 가까운 쿠만이나 네빌 같은 감독들을 비유할 정도였다.

물론 발전이 없던 건 아니다.

시간이 지날수록 수비적으로는 차츰 안정이 되었지만, 문제는 공격진이다.

가브리엘 바르보사.

아직까지 데뷔골을 넣지 못한 공격수.

─못한다, 못한다 말만 들었지 이 정도로 못할 줄은 상상도 못했다!

─가비골은 염병, 감독이랑 너도 좀 나가!

―자자 형 돌아와요…….

바르보사의 움직임 자체는 좋았다.

드리블, 위치 선정, 동료와의 연계 역시 나쁘지 않았지만 문제는 골이었다.

일대일 찬스를 놓치고, 심지어 PK마저 놓치는 바르보사를 보며 팬들의 인내심은 한계에 달하고 말았다.

「[마르카] 허무하게 끝나는 원지석의 도전?」
「[스포르트] 감독의 경질을 원하는 발렌시아의 팬들!」

현재 발렌시아의 순위는 19위.

강등권이다.

물론 반전의 기회는 얼마든지 있지만, 지금 같은 퍼포먼스라면 강등이란 최악의 상황도 무리는 아닐 것이다.

더군다나 라리가는 감독을 자르는 데 가차 없는 편이었기에 벌써부터 경질설이 쏟아지는 중이었다.

만약 그가 세계적인 감독이 아니었다면, 진즉 잘렸을 정도로.

―발렌시아에서 거품 바로 걷히네.
―나도 라이프치히 감독하면 4강은 가겠다.
―그 유망주들을 키운 게 원지석인데?

심지어 지금까지 이룬 성과마저 거품이라는 취급을 받는 상황 속에서.

원지석은 차를 끌고 훈련장으로 향했다.

훈련을 구경하기 위해 모여든 사람들은 그의 차가 보이자 야유를 퍼부었다. 마치 원정팀의 버스처럼.

그런 팬들을 지나친 원지석은 평소와 다를 것 없이 선수들의 훈련을 감독했다.

선수들은 팀의 상황에 그럼 그렇지 하면서도 군말 없이 그의 지시를 따랐다. 어차피 얼마 못 가 경질당할 사람으로 보는 모양이었다.

"다시!"

원지석의 말에 선수들이 고개를 끄덕였다.

수비는 어느 정도 안정화가 됐기에, 그는 공격수들의 옆에 붙어 있다시피 있었다.

팀의 공격에 문제가 있다는 건 감독인 그가 가장 잘 알고 있었다. 그걸 개선해야 된다는 사실 역시 알았고.

「[수페르 데포르테] 곧 다가오는 단두대매치!」

어쩌면 원지석의 발렌시아 커리어의 마지막이 될지도 모르는 경기.

바로 지역 라이벌인 레반테와의 경기였다.

「[마르카] 원지석에게 주어진 마지막 기회」

같은 발렌시아를 연고지로 둔 레반테의 경기는 '더비'라 불려도 손색이 없었다.

레알 마드리드와의 관계가 앙숙에 가깝다면, 레반테와는 지역 라이벌로서 자존심을 건다.

그런 경기가 홈인 누에보 메스타야에서 펼쳐진다. 만약 지기라도 할 경우엔 팬들의 불만이 폭주할 터고, 보드진 역시 경질을 할 수밖에 없을 터.

마침내 경기 당일.

한 감독의 운명이 걸린 경기가 눈앞에 다가왔다.

「원 아웃!」

처음 올 때만 하더라도 그를 살갑게 반겨주던 걸개들은 이제 차갑게 바뀌었다.

―설마 이렇게 될 줄 누가 상상이나 했을까요! 경질의 문턱에 선 원지석 감독의, 어쩌면 마지막일지도 모르는 경기가 곧 시작됩니다!

―누에보 메스타야에 모인 팬들이 감독의 경질을 외치는군요. 과연 어떻게 될지, 먼저 발렌시아의 라인업입니다.

선발 명단 자체는 첫 경기와 크게 다르진 않았다.

그동안 다른 선수를 쓰지 않은 건 아니지만, 결국 돌고 돌아 이번 라인업이 짜였다.

골키퍼 장갑은 하우메 도메네크가.

포백에는 가야, 토비, 데 리흐트, 오드리오솔라가 서며 수비 라인을 구축했고.

중원에는 페란 토레스, 세바요스, 콘도그비아, 솔레르가.

최전방에는 산티 미나와 가브리엘 바르보사가 섰다.

ㅡ이 라인업으로 442 포메이션은 처음 아닌가요?

ㅡ그러네요. 세바요스가 이번엔 어떤 모습을 보여줄지 중요한 포인트가 되겠군요.

세바요스 역시 데뷔전을 치렀다.

이번이 세 번째 선발이며.

여태까지 좋은 퍼포먼스를 보여주고 있었기에 밥값을 하고 있다는 평가를 받았다.

하지만 그는 수비적으로 뛰어난 모습을 보여주는 선수가 아니다.

오늘 같은 442 포메이션에선 수비적인 부담이 더욱 늘어나기에 함께 서는 파트너의 역할이 더욱 중요할 터.

원정팀인 레반테는 451 포메이션을 꺼내며 중원에서 우위를 가져가겠다는 뜻을 보였다.

모든 선수들이 자리를 잡았고.

삐이익!

경기가 시작되었다.

발렌시아는 왼쪽 측면을 이용하며 공격을 풀었다. 특히 왼쪽 풀백인 가야는 공격적으로 매우 좋은 모습을 보이는 선수였다.

─왼쪽 터치라인을 따라 달리는 가야! 매우 빨라요!
─정말 엄청난 드리블 속도입니다!

가야는 단순히 피지컬만을 이용하는 선수가 아니다. 축구 지능 역시 뛰어나, 상황에 맞춰 대응하는 모습이 뛰어났다.

함께 달리던 페란 토레스가 레반테의 압박에 막히자 그는 눈을 돌렸다.

반대쪽 측면에서 안쪽을 향해 파고 들어가는 바르보사의 모습이 보였지만, 가야는 다시 다른 곳을 찾았다.

자꾸 기회를 놓치다 보니 영 미덥지 못한 것이다.

그의 선택은 하프라인 근처에 있던 솔레르였다.

하지만 강하게 올려진 크로스를 보며, 원지석이 얼굴을 구겼다.

"이 새끼가."

방금 있었던 장면은 매우 좋지 않았다.

나름대로 티를 내지 않으려 한 모양이지만, 감독의 눈에는 보일 수밖에 없다.

선수가 동료를 믿지 못한다는 장면이었으니까.

공을 받은 솔레르가 높이 올라가며 낮은 크로스를 찔렀지만, 미리 자리를 잡고 있던 레반테의 수비수에게 막히며 걷어지고 말았다.

—역습을 시작하는 레반테!
—솔레르가 복귀하려 하지만 늦어요!

도리어 레반테가 역습을 하는 계기가 되기도 했다. 다섯 명의 미드필더들은 미리 자리를 잡고 있었고, 순식간에 공격에 나서며 발렌시아를 노렸다.

발렌시아 선수들이 수비 라인을 잡으려 할 때.

레반테의 처진 공격수인 케빈 프린스 보아텡이 그대로 슈팅을 때려보았다.

쾅!

꽤나 먼 거리였지만 강한 힘이 실린 슈팅이었다.

하지만 골키퍼인 하우메 도메네크가 몸을 날리며 공을 잡아냈고, 누에보 메스타야의 관중들이 안도의 한숨을 내쉬었다.

"아니, 이걸 좋아해야 해?"

"차라리 골을 먹혀서 원이 경질당하는 게 낫지 않을까?"

관중들이 웃지 못할 대화를 나누는 사이.

경기는 계속해서 진행되었다.

—바르보사 선수가 열심히 움직이고 있지만, 패스가 오지 않는군요.

—약간 겉도는 느낌마저 있네요.

발렌시아의 공격은 대부분 산티 미나에게 집중되었다. 어쩌면 당연한 말이었다.

산티 미나는 지난 시즌 팀을 이끌었던 핵심 공격수이자, 이번 시즌에서도 공격을 책임지고 있으니까.

—산티 미나의 슛!

—꽤나 멀리 벗어났어요.

삐이익!

어이없이 벗어난 슈팅과 함께 전반전을 끝내는 휘슬이 울렸다.

"후우."

라커 룸에 들어오는 선수들을 원지석은 말없이 지켜보고 있었다.

실수를 신랄하게 물어뜯길 거라 생각했던 선수들은 고개를 갸웃거리며 그런 그를 보았다. 어쩌면 오늘을 끝으로 보지 못할 감독을.

"지금까지 몇 명의 감독이 경질되었지? 마르셀리노 감독 이후부터 말이다."

네 명이었던가, 다섯 명이었던가.

이번 경기를 끝으로.

원지석 역시 그 숫자에 추가될지 모르겠다만.

"뭐, 상관없어."

중요한 건 그게 아니다.

지금부터 할 말은, 경질의 유무와 상관없이 오늘을 마지막으로 꺼내지 않을 거니까.

"너희는 감독을 잡아먹은 괴물들이다."

오늘 경기에서 느낄 수 있었다.

발렌시아 선수들은 언제라도 감독이 잘릴 준비를 하고 있으며, 감독의 말보다 본인의 판단을 더 중요시한다는 걸.

몇 감독은 그런 판단하에 목이 잘렸을 거다.

하지만 언제까지 그럴 수 있을까.

더는 잡아먹을 감독들이 없다면, 남은 건 그들뿐이다.

"나마저 잡아먹을지, 아니면 상대 팀을 잡아먹을지. 그건 너희들이 어떤 행동을 하느냐에 달렸다. 그러니까 정신 똑바로 차려."

으르렁거리듯.

낮게 읊조리는 그 말에 목덜미가 서늘해진 그들은 자기도 모르게 침을 삼켰다.

* * *

경기가 다시 시작되었다.

전반전과 다른 점이 있다면 그건 바로 선수들의 분위기였다.

'이번이 마지막일 테니까.'

감독의 지시를 크게 신경 쓰지 않던 선수들도, 이번에는 서로를 보며 고개를 끄덕였다.

―발렌시아의 움직임이 전반전과는 묘하게 다른 느낌이군요?

―무게적인 중심이 잡혔다고 해야 할지, 팀 전체가 유기적으로 움직이고 있어요.

작지만 분명한 차이였다.

그 차이를 눈치챈 중계진이 그런 점을 언급할 때.

기회를 잡은 발렌시아의 역습이 시작되었다.

세바요스의 가장 큰 장점을 꼽으라면 드리블을 꼽을 수 있다.

테크닉이 좋아 탈압박에도 능하며, 스피드 역시 빠르기에 상대 팀이 까다로워하는 미드필더였다.

그런 세바요스가 드리블을 하며 왼쪽 측면을 달렸다. 왼쪽 윙어인 페란 토레스는 안쪽으로 들어가며 동선이 겹치지 않게 했다.

―공을 안쪽으로 보내는 세바요스!

―페란 토레스가 원터치로 흘립니다!

　페널티에어리어 근처에 있던 페란 토레스가 순식간에 조여오는 압박을 느끼며 공을 흘렸다.

　그 끝에는 팀의 핵심 공격수인 산티 미나가 있었다.

　'이걸 때려?'

　자신에게 흘러오는 공을 보며 산티 미나가 고민에 빠졌다. 슈팅을 하기엔 각도가 좋지 않았기 때문이다.

　하지만 그가 아니고서 슈팅을 마무리할 사람은 없다. 아니, 있긴 한데.

　산티 미나가 슬쩍 옆을 보았다.

　자유롭게 파고드는 그 선수는.

　0골의 사나이, 가브리엘 바르보사다.

　평소 같았으면 망설이지 않고 슈팅을 때렸을 것이다. 그러나 하프타임에 있었던 원지석의 말 때문일까, 괜히 바르보사에게서 눈이 떨어지질 않았다.

　"진짜 이번이 마지막이다."

　누구에게 하는지 모를 말과 함께 산티 미나가 수비수들 사이로 공을 빼냈다.

　전반전에는 한 번도 나오지 않았던 장면이자.

　가장 팀다운 연계라고 할 수 있었다.

―가비, 고오오오올!

―골입니다, 골! 드디어 데뷔골을 터뜨리는 가브리엘 바르보사! 매우 기뻐하는군요!

마침내 무득점 기록을 깬 바르보사가 그대로 무릎을 미끄러뜨리며 절을 하듯 엎드렸다.

그러고선 잔디에 잎을 맞추는 그를 향해, 발렌시아 선수들이 달려가 레슬링 기술을 걸듯 껴안았다.

"잘했어!"

"이번에도 못 넣었으면 한 대 걷어차려고 했더니만!"

"난 이미 찼는데!"

단 한 골.

겨우 한 골일 뿐이지만.

발렌시아의 분위기가 바뀌었다.

*　　　*　　　*

가브리엘 바르보사는 정통적인 원톱 자원이 아니다.

좋은 위치 선정에서 이어지는 침투, 그리고 빠른 드리블로 상대 팀을 흔드는 걸 보면 오히려 측면공격수에 가깝다고 할 수 있었다.

실제로 산투스 시절에는 오른쪽 측면공격수로 뛰었으니까.

바르보사의 첫 유럽행이 처참한 실패를 겪은 것도 이와 무관하지 않았다.

결국 인테르와 벤피카는 그런 점을 간과하며, 혹은 낙관하며 벌어진 착오에 가까웠다.

잘못된 스카우트가 구단과 선수 모두에게 좋지 못한 결과를 낳은 것이다.

─고오오올! 발렌시아가 빠르게 골을 추가합니다!

─팀의 간판 공격수인 산티 미나의 아주 감각적인 골!

얼마 지나지 않아 추가골이 터졌다.

경기의 쐐기를 박는 득점이었다.

골을 넣은 산티 미나는 셀레브레이션을 하는 대신 웃으며 한 선수를 향해 달렸다.

"잘했어!"

"멋진 득점이었어."

산티 미나와 격한 포옹을 나눈 바르보사가 멋쩍게 미소를 지었다.

곧 다른 동료들도 다가와 몸을 던지듯 둘을 껴안았다.

방금 터진 골은 그가 만들어낸 골이나 다름없었다. 실제로 어시스트를 쌓기도 했고.

솔레르의 날카로운 스루패스를 받은 바르보사가 수비 라인을 허물며 레반테의 뒤 공간을 헤집었고, 페널티에어리어 안쪽까지 파고들며 슈팅 찬스를 만들었다.

왼발잡이인 그가 슈팅을 노려도 이상하지 않을 위치였다.

그러나 바르보사는 욕심을 내는 대신 패스를 흘렸고, 이를 산티 미나가 마무리했다.

"나이스 어시스트."

"아니, 나야말로 고맙지."

산티 미나와 바르보사는 서로 하이 파이브를 하고선 자리에 돌아갔다.

실제로 바르보사의 첫 골을 어시스트한 것도 그였으니, 욕심을 내지 않고 패스를 줄 수 있었다.

─발렌시아의 투톱이 사이좋게 골을 합작했군요.

─방금 있었던 골은 특히나 좋았습니다. 어쩌면 원 감독이 그토록 원하던 장면이 아니었을까요?

순간 중계 카메라가 원지석을 잡았다.

무표정한 얼굴을 유지한 그는 주먹을 불끈 쥐는 것으로 기쁨을 표현했다.

경기는 더 이상의 골이 터지지 않으며 그대로 끝났다.

2 : 0.

데뷔골이자 결승골을 넣은 바르보사는 오늘 경기의 최우수 선수로 뽑히며 그 활약을 인정받았다.

*   *   *

「[AS] 드디어 터지다! 마수걸이 골을 성공한 가비골!」

「[문도 데포르티보] 마침내 첫 승을 거둔 원지석!」

여러모로 중요한 순간에 거둔 승리였다.

지역 라이벌을 꺾은 원지석은 경질의 칼날을 피하며 숨을 돌리게 되었다.

설마 그렇게 빨리 경질을 당할까 싶지만.

발렌시아는 이미 전례가 있다.

네빌의 후임이었던 파코 아예스트란 감독이 말이다.

이른바 인간계 최강이란 소리를 듣던 시절, 당시 라파 베니테스의 수석 코치로서 활약한 아예스트란은 리버풀을 거치며 발렌시아로 돌아왔다.

이후 네빌의 후임으로서 정식 감독에 선임되지만, 시즌이 시작하고 4경기 만에 잘리게 된다.

보드진과 좋은 관계를 맺던 감독까지 파리 목숨처럼 잘렸으니, 원지석이라고 해서 안심할 상황은 아니었던 것이다.

「[수페르 데포르테] 가비골의 활약에 만족을 드러내는 원지석!」

경기를 끝내고 가진 기자회견에선 바르보사에 대한 이야기가 가장 많았다.

무리도 아니었다.

0골의 사나이가 팀의 승리를 이끌었으니.

"그동안 골을 넣지 못했던 바르보사는 오늘에야 겨우 데뷔 골을 넣었습니다. 아주 기쁘실 텐데요?"

"선수에게 있어 아주 중요한 골입니다. 여기서 멈추지 않고 기세를 이어가길 바랍니다."

원지석 역시 입꼬리를 살짝 꿈틀거리며 기쁜 마음을 은근슬쩍 드러냈다.

무엇보다 기쁜 건 산티 미나와 둘이 보여준 호흡이었다.

만약 조금 더 원숙한 호흡을 보였다면, 한 골씩이 아니라 세 골씩을 몰아넣는 것도 가능했을 터.

"오늘을 계기로 팀이 탄력을 받으면 좋겠네요. 아니, 탄력을 받게 할 겁니다."

「[마르카] 헤타페를 꺾은 발렌시아!」

「[스포르트] 알라바스를 물리친 가비골의 활약!」

원지석의 말처럼.

이후 발렌시아는 지금까지의 부진이 거짓말인 것처럼, 승리를 이어갔다.

3연승. 누군가에게는 겨우 3연승일지 몰라도, 6경기 동안 승리가 없던 발렌시아 팬들에겐 벌써 3연승이었다.

무엇보다 불이 붙으며 골이 폭발하기 시작한 바르보사의 활약은 놀라울 정도였다.

4골 3도움.

3경기 동안 그가 쌓은 공격포인트다.

더군다나 그의 파트너인 산티 미나 역시 순조롭게 기록을 쌓아가며 팀의 공격을 이끌었다.

발렌시아 팬들은 그 승리에 기뻐하면서도, 끔찍했던 6경기를 기억하기에 섣불리 태도를 바꾸진 않았다.

「[수페르 데포르테] 첫 번째 시험대에 올라선 발렌시아!」

첫 번째 시험대.

틀린 말은 아니다.

지금까지의 3연승이 과연 요행인지 아닐지, 시험해 볼 매치였으니까.

AT 마드리드.

디에고 시메오네의 지도 아래 여전히 강팀으로서의 면모를 뽐내는 팀.

그들이 발렌시아의 다음 상대였다.

「[AS] 시메오네, 원은 최고의 감독이다」

시메오네는 다가올 경기를 앞두고선 상대 팀의 감독을 높이 사는 인터뷰를 했다.

"원은 과대평가되지 않았어요. 그런 사람들의 말보단 여러 번 붙어본 제 말을 믿는 게 나을 겁니다."

최근 원지석을 따라다니는 비난이 질문으로 나오자 어이가 없다며 나온 대답이었다.

첼시와 라이프치히.

시메오네는 원지석이 이끌었던 두 팀을 모두 상대한 감독 중 하나다.

때로는 이기고, 때로는 졌지만, 확실한 건 그런 말이 나올 사람은 아니라는 거다. 그의 성공은 단순한 요행으로 거머쥘 수 있는 게 아니다.

"그는 최고의 감독입니다. 지금은 힘든 상황이지만, 분명 적응을 하면 우리가 아는 원이 되겠죠."

"그렇다면 곧 있을 경기에선 누가 이길 거라 생각하십니까?"

한 기자가 손을 들며 물었다.

자존심을 살살 자극하는 그 질문에.

시메오네는, 어쩌면 흉악하다고 생각될 미소를 지으며 답했다.

"우리가 이깁니다."

「[마르카] 곧 다가올 경기에서 낙담하는 발렌시아의 팬들!」

발렌시아 팬들의 분위기는 가라앉은 상황이었다.

이번 시즌에도 좋은 퍼포먼스를 보여주며 레알 마드리드, 바르셀로나와 함께 공동 1위를 달리는 AT 마드리드다.

최근 거둔 연승으로 강등권에서 벗어난 발렌시아지만, 여전히 하위권을 맴도는 건 변함이 없었고.

팬들은 죽음을 기다리는 사형수처럼 며칠 남지 않은 경기를 기다렸다.

"이런 경기를 이길 때가 가장 기분 좋더라고."

전술을 짜던 케빈이 갑자기 몸을 부르르 떨었다. 그러자 주변에 있던 코치들이 흠칫 뒷걸음질을 쳤다.

"설마 지린 건 아니죠?"

"요즘 위험한 약이라도 해요?"

"미친 새끼들이……."

첼시 시절부터 함께한 사이이다 보니 기인이란 소리를 듣던 케빈과도 친분이 깊어진 모양이었다.

발렌시아의 기존 코치들은 그런 그들을 보며 말없이 웃었다.

신기한 사람들이었다. 팀의 상황이 좋다고 할 수 없는 상황에 저런 모습을 보면 긴장감이 없거나 어리숙해 보이지만, 일을 할 땐 굉장히 유능한 모습을 보여준다.

당장 있을 AT 마드리드전은 몰라도, 긴 시즌을 봤을 때 이들이라면 반전을 만들어낼지 모른다. 그런 느낌을 받았다.

"그쪽 줄이 안 맞잖아!"

원지석의 호통에 데 리흐트와 오드리오솔라가 고개를 끄덕이며 다시 자리를 잡았다.

발렌시아 선수들 역시 지금의 기세가 꺾이길 원치 않았다.

그들이 흘린 땀이 빗물에 씻겨 내려갈 때쯤.

고대하던 경기가 다가왔다.

—여기는 AT 마드리드의 홈인 완다 메트로폴리타노입니다! 버스에서 내린 발렌시아 선수들이 입장하는군요!

—과연 인디언들이 박쥐를 잡아낼 수 있을지, 기대가 되네요!

인디언은 AT 마드리드의 별명 중 하나다. 박쥐는 발렌시아를 상징하는 별명이었고.

와아아아!

터널을 통과한 원지석은 관중들이 뿜어내는 열기에 괜스레 목을 풀었다. 저게 야유로 바뀔 거란 말이지.

"원!"

그때 자신을 부르는 소리에 원지석이 고개를 돌렸다. 머리를 올백으로 넘긴, 마피아처럼 생긴 남자가 손을 흔드는 중이었다.

디에고 시메오네.

AT 마드리드의 보스였다.

손을 내밀며 악수를 청한 그가 말했다.

"고생이 많군. 힘들지?"

"뭐, 쪽팔릴 일이 좀 있었네요."

원지석은 자조적인 말과 함께 쓴웃음을 지었다. 악수를 나누던 시메오네 역시 크게 웃음을 터뜨리더니, 이내 한쪽 눈을 찡긋거렸다.

"오늘 경기는 더 힘들 거야."

―양 팀의 감독들이 즐겁게 이야기를 나누는군요?

―과연 경기가 끝난 다음에는 누가 웃게 될지, 오늘 양 팀의 라인업입니다! 먼저 홈팀인 AT 마드리드부터 살펴보죠!

AT 마드리드의 라인업이 소개되었다.

골키퍼 장갑은 오블락이 꼈으며.

포백에는 뤼카 에르난데스, 사비치, 압두 디알루, 브르살리코가 서며 수비진을 구축했다.

―압두 디알루 선수는 큰 실수 없이 적응하는 모습을 보여주고 있죠?

―네. 드디어 고딘 선수의 대체자가 나왔다는 말이 많아요.

분데스리가 최고의 센터백 중 하나로 성장한 디알루는 이번 시즌 AT 마드리드로 둥지를 옮겼다.

수비뿐만 아니라 빌드 업에서도 훌륭한 모습을 보여주었기에, 벌써부터 팀의 핵심 수비수로 자리를 잡았다.

그리고 중원에는 르마, 토머스 파티, 사울 니게즈, 코케가 섰고.

최전방에는 나빌 페키르와 앙헬 코레아가 투톱을 구성하며 발렌시아의 골문을 노렸다.

―페키르 선수 역시 최근 날카로운 골감각을 뽐내는 선수입

니다.

올림피크 리옹에서 이적해 온 페키르는 디에고 코스타의 대체자로서 뛰어난 퍼포먼스를 보여주며 팬들의 지지를 받았다.

그중에서도 르마, 코레아와 보여주는 호흡은 특히 주목할 점이었다.

―AT 마드리드의 442에 맞서는 발렌시아 역시 442의 포메이션을 꺼냈습니다.

―최근 주전으로 자리 잡은 선수들이네요.

이어 발렌시아의 라인업이 소개되었다.

골키퍼 장갑은 하우메 도메네크가 꼈으며.

포백에는 가야, 토비, 데 리흐트, 오드리오솔라가 수비진을 구축했고.

중원에는 페란 토레스, 세바요스, 콘도그비아, 솔레르가.

최전방에는 산티 미나와 가브리엘 바르보사가 섰다.

유럽 대항전을 나가지 않는 발렌시아였기에 체력적인 부담은 크지 않았다.

반대로 AT 마드리드는 주중의 챔피언스리그를 소화했기에 최대한 빠르게 승부를 봐야 했다.

삐이익!

마침내 경기가 시작되었다.

선축은 원정팀인 발렌시아의 몫이었다.

—휘슬과 함께 공을 뒤로 돌리는 발렌시아.
—발렌시아 중원의 특성상 플레이 메이킹의 한계가 있죠?

토레스는 측면공격수에 가까운 윙어고, 콘도그비아는 역할
도 역할이지만 플레이 메이킹에 능한 선수가 아니다.

그렇기에 세바요스 혹은 솔레르가 경기를 풀어나갔는데, 주
로 세바요스가 공을 잡는 편이었다.

그런 점을 AT 마드리드 역시 알고 있다.

그들은 벌써부터 세바요스에게 강한 압박을 시작했고, 솔레
르에게 공이 가도록 미끼를 던졌다.

"솔레르 쪽은 안 돼!"

베테랑 수비수인 토비가 낌새를 눈치챘는지 공을 받은 데 리
흐트에게 소리쳤다.

최후방에서 빌드 업을 담당하는 데 리흐트는 그 말에 고개
를 끄덕이며 왼쪽 측면으로 길게 공을 찔렀다.

—데 리흐트의 약간 높은 패스. 토레스가 점프를 하며 헤딩으
로 연결합니다.

—뒤쪽으로 떨어진 공을 받는 가야!

발렌시아의 가장 효과적인 공격 루트 중 하나는 바로 왼쪽

측면이었다. 가야가 높이 오버래핑을 하고, 윙어와 연계를 하며 수비진을 공략한다.

여기에 세바요스가 끼며 살짝 달라졌다.

하프라인까지 달리던 가야가 페란 토레스에게 공을 주는 척 하며 중앙으로 공을 넘겼다.

－공을 받은 세바요스!
－파티를 따돌리며 계속 드리블을 합니다!

가야도 그렇지만, 세바요스 역시 수준급의 드리블러다.

특히 탈압박도 뛰어나 여러 명의 선수를 달고 다니면서도 공을 뺏기지 않고, 수비진을 휘젓는 모습을 보였다.

이런 점은 단단한 수비 라인을 구축하는 팀에겐 상당히 성가신 요소다.

세바요스에게 수비수가 끌려 다닌다면 발렌시아의 공격수들이 그 틈을 파고들 수 있기 때문이다.

바로 지금처럼.

－공을 톡 찍어 올리는 세바요스!

사비치를 끌어온 세바요스는 로빙 스루패스로 수비수를 넘기는 패스를 올렸고.

그 공을 향해 달려가는 사람은.

수비 라인을 타고 올라가던 바르보사였다.

*   *   *

—바르보사의 슈우우웃!

쾅!

압두 디알루를 앞에 둔 바르보사가 그대로 슈팅을 때렸다.

디알루가 뒤늦게 몸을 내밀었지만, 공은 이미 골문을 향해 쏘아진 상황. 왼쪽 구석을 향해 휘어 들어가는 슈팅을 보며 오블락이 몸을 던졌다.

하지만 늦었다.

—고오오올! 경기 시작과 함께 골을 터뜨리는 발렌시아!

—아무도 예상하지 못한 일이 벌어졌습니다!

골을 성공시킨 바르보사가 높이 점프하며 허공에 어퍼컷을 찌르는 셀레브레이션을 펼쳤다.

동시에 완다 메트로폴리타노가 침묵에 빠졌다.

설마 이렇게 이른 시간 만에 골을 먹힐 줄은, 상상할 수도 없었고 상상하기도 싫었던 것이다.

"좋았어!"

터치라인에 있던 원지석 역시 어퍼컷을 올리며 기쁨을 표했다.

설마 이렇게 이른 시간에 골이 터질 줄은 그 역시 예상하지 못했다. 기쁜 착오였다.

"가야! 잠깐 이쪽으로!"

원지석은 바뀐 상황에 맞추기 위해 오늘 주장 완장을 찬 가야를 불렀다.

주장인 파레호가 벤치에서 조커로 기용되는 일이 많아진 만큼, 사실상 부주장인 가야가 주장으로서의 역할을 수행하는 중이었다.

"알겠지?"

"네."

전술 지시를 받은 가야가 고개를 끄덕이며 그라운드로 돌아갔다.

곧 토비를 비롯한 동료들에게 내용을 전달했고, 발렌시아 선수들은 즉시 새로운 지시를 따랐다.

─약간의 변화가 생겼군요?

─페란 토레스가 조금 더 위로, 솔레르는 조금 더 중앙으로 옮겼습니다. 역습을 위한 변화 같네요.

어찌 보면 433 같은 포메이션이었다.

경기가 다시 시작되고.

AT 마드리드는 공격적인 압박에 들어갔다.

그들은 홈에서 질 수 없다는 듯 슈팅을 퍼부었고, 발렌시아

는 쉽게 공을 뺏기지 않으며 그들이 라인을 올리기를 더욱 유
도했다.

—페키르의 슈팅! 하지만 도메네크에게 막힙니다!
—벤치에는 네투가 있고, 발렌시아의 골문은 든든하네요.

유벤투스에서 이적해 온 네투 역시 발렌시아에서 수준급의
퍼포먼스를 보여주었다.
원지석이 부임할 때는 골절 부상으로 나오지 못하다가, 최근
에야 겨우 회복되어 벤치에 앉게 되었다.

—오른쪽 측면을 돌파하는 코레아!
—빠르게 따라온 가야에게 막히는군요! 토비와의 아주 좋은
협력수비였어요!

시즌 초반부터 가야와 토비의 호흡은 좋은 편이다.
특히나 두 선수 모두 지능적인 플레이를 펼쳤기에, 어떤 경
우에는 마치 오랫동안 한 팀에서 뛴 것 같은 호흡을 보여주기
도 했다.
그럴수록 AT 마드리드는 데 리흐트와 오드리오솔라가 있는
발렌시아의 오른쪽 라인을 집요하게 노렸다.

—르마와의 몸싸움에서 이겨낸 오드리오솔라!

—아, 생각보다 쉽게 뚫리지 않아요!

그건 분명 효과적인 공략법이었을 것이다.

몇 경기 전까지만 하더라도 말이다.

확실히 그 둘은 팀이 지거나 비기는 데 지대한 공을 세운 구멍들이었다.

만약 계속해서 정신을 차리지 못했으면, 둘을 영입한 원지석의 목이 날아갔을지도 몰랐지만.

원지석의 지도하에 둘은 천천히 폼을 끌어올렸고, 레반테전을 기점으로 눈에 띄게 달라진 퍼포먼스를 보였다.

—측면을 질주하는 오드리오솔라!

—맨 시티의 감독과 팬들이 본다면 흐뭇해할 드리블입니다!

오늘 경기에서 처음으로 오버래핑을 시작한 오드리오솔라가 하프라인을 넘어선 순간.

쾅!

강하게 올린 얼리크로스가 반대쪽 측면을 향해 휘었다.

미리 자리를 잡고 있던 페란 토레스가 가슴으로 트래핑하며 패스를 받아냈고, 빠르게 페널티에어리어를 향해 침입했다.

—뒷짐을 지며 막아서는 브르살리코!

—뒤쪽으로 공을 돌리네요!

돌파를 할까 생각했던 토레스는 욕심을 버리고선 바깥쪽으로 공을 돌렸다.

　멀리 떨어진 곳에서 기다리던 가야가 공을 받았고, 코케의 압박을 벗어나며 중앙으로 스루패스를 찔렀다.

　이번에도 공을 받은 사람은 세바요스였다.

　공을 받는 그를 보며 AT 마드리드 선수들의 눈빛이 무섭게 빛났다. 자신들을 농락하며 첫 골을 어시스트하던 그를 잊을 수 없었던 것이다.

　"막아! 절대 보내지 마!"

　터치라인에 있던 시메오네가 세바요스를 삿대질하며 소리쳤다.

　전반전이 얼마 남지 않은 지금.

　만약 추가골을 먹힌다면, 후반전은 지금보다 배는 더 힘들어질 터.

　"무섭네."

　자신을 향해 쏟아지는 살기에 혀를 내두른 세바요스가 바깥발로 공을 빼내며 태클을 피했다.

　까딱하면 발목이 다쳤을 위험한 상황.

　토머스 파티를 따돌린 그는 몇 발자국을 성큼성큼 걸은 뒤 앞을 향해 패스를 찔렀다.

　─산티 미나의 헤딩! 하지만 오블락에게 막힙니다!

―손끝으로 걷어내는 환상적인 선방!

강한 힘이 실린 크로스를 헤딩으로 방향만 바꾸며 골문을 노렸지만, 오블락의 동물 같은 몸놀림으로 막히고 말았다.

삐이익!

그 선방과 동시에 전반전이 끝났음을 알리는 주심의 휘슬 소리가 울렸다.

양 팀의 모든 선수들이 동시에 긴 숨을 내쉬며 주저앉았다. 모두 엄청난 거리를 뛰었다. 가슴이 찢어지는 게 아닐까 싶을 정도로.

"잘했다. 지금까지는 잘했어."

라커 룸에 돌아온 원지석이 그런 선수들을 격려했다.

땀을 닦던 그들도 묘하게 밝아진 얼굴로 고개를 끄덕였다.

감독이 선수의 퍼포먼스를 보고 평가하듯, 선수들 역시 감독의 지도력을 보고 평가한다.

더욱이 발렌시아 선수들은 이미 팀에서 마음이 떠난 선수들이었다. 그런 그들에게 지도력이란 곧 성적을 의미했다.

처음 원지석의 말을 들었을 땐 혹하기도 했지만, 계속해서 승리를 거두지 못할 땐 그 마음은 결국 실망으로 바뀌고 말았다.

'그런 선수의 마음을 돌리는 것도 결국 성적이지.'

캐비닛에 팔을 올린 케빈은 턱을 괴며 원지석과 선수들을 물끄러미 보았다.

그런 상황에 3연승은 타이밍이 좋았다.

끊어지려는 감독과 선수들을 다시 이어주는 계기가 되었으니까.

"무슨 호감도 올리는 게임도 아니고."

"뭐가요?"

"아니, 아무것도."

곁에 있던 코치가 머리를 긁적이는 케빈을 보며 고개를 갸웃거렸다.

＊　　　＊　　　＊

후반전이 시작되었다.

AT 마드리드는 좀 더 다듬어진 모습으로 발렌시아의 수비진을 공략했다.

그 선봉장은 투톱인 페키르와 코레아였다.

ㅡ이 대 일 패스를 주고받는 페키르와 코레아.

ㅡ측면에선 르마가 서성이고 있습니다.

두 선수 모두 공격형미드필더 자리에서 뛸 수 있을 정도로 다재다능한 선수들이다.

특히 볼을 다루는 기술과 드리블 실력이 뛰어났기에, 한 선수가 수비진을 휘젓는 동안 다른 선수가 침투해 골을 넣는 장면이 많았다.

더군다나 측면에서 뛰는 르마까지 가세할 경우엔 수비수들 입장에선 꽤나 골치가 아파지는 조합이 완성된다.

─르마의 강력한 얼리크로스! 페널티에어리어로 향합니다!
─데 리흐트가 커버하네요!

크로스를 보며 먼저 자리를 잡았던 데 리흐트가 헤딩으로 공을 걷어냈다.

다만 세컨드 볼을 사울 니게스가 받았다는 게 문제였다.

니게스는 오른쪽 측면으로 공을 넓게 벌렸고, 이를 받은 코케가 낮은 크로스를 빠르게 찔렀다.

"내가 막을 테니까 다른 쪽을 커버해!"

"네가 막는다고? 글쎄."

토비의 지시를 들은 코레아가 묘한 미소를 지었다. 그가 왼발로 공을 터치하려는 것과 토비가 뒤에서 몸싸움을 걸은 것도 동시였다.

그 순간 놀라운 일이 일어났다.

바깥 발로 공을 살짝 띄운 코레아는 그대로 몸을 돌리며 공을 안쪽으로 끌었고, 헛발질을 하는 토비를 따돌리고선 페널티에어리어를 침투한 것이다.

─와오! 환상적인 턴을 보여주는 앙헬 코레아!

―페널티에어리어를 침입한 그가 살짝 스루패스를 흘립니다!
―페키르으으!

수비 사이를 침투한 페키르가.
논스톱으로 낮은 슈팅을 때렸다.
쾅!
하우메 도메네크가 바로 몸을 던졌지만 늦었다.
골대를 맞고 튕긴 공은 안쪽으로 빨려 들어가고 말았으니까.

―고오오올! 기어코 골을 터뜨리는 데 성공한 AT 마드리드! 이 걸로 스코어는 1 : 1! 동점입니다!
―코레아의 환상적인 어시스트였어요!

수비를 바보로 만드는 기술에 원지석이 쓰게 입맛을 다셨다.
하지만 이미 먹힌 골은 되돌릴 수 없는 법.
"다들 정신 똑바로 차려!"
원지석의 외침에 선수들이 힘겹게 고개를 끄덕였다. 그들은 무너지려는 멘탈을 다잡으며 숨을 길게 내쉬었다.
하지만 그때.
AT 마드리드에서 선수교체를 발표했다.

―아, 르마 선수가 빠지는군요?
―그리고 들어오는 사람은…….

터치라인에 선 그와 원지석의 눈이 마주쳤다.

이전보다 늙음이 보이는 얼굴로.

하지만 승부욕으로 불타는 눈은 꺼지지 않은 그가 웃으며 입을 열었다.

"오랜만이군, 원."

"…그러네요."

─코스타! 디에고 코스타가 들어갈 준비를 합니다!

AT 마드리드의 늙은 짐승이자.

벤치에 있던 노련한 골잡이.

디에고 코스타가 르마를 대신해 그라운드로 투입되었다.

코스타의 교체는 단적이지만 확실한 걸 의미했다. 시메오네는 무승부로는 만족하지 못한다는 걸.

"이쪽도 답해줘야지."

─발렌시아 역시 선수교체를 준비하는군요.

─가야 선수가 팔에 걸린 주장 완장을 벗습니다.

가야가 교체되는 게 아니다.

단지 지금부터 들어올 선수에게, 주장 완장을 넘겨주기 위해서일 뿐.

발렌시아의 주장.

다니 파레호가 솔레르와 교체되며 그라운드에 들어가게 되었다.

―양 팀 모두 전술에 변화가 생겼습니다.

―AT 마드리드의 경우 페키르가 왼쪽 윙어로, 코스타가 최전방에 올라섰네요.

―발렌시아는 페란 토레스가 오른쪽으로 자리를 옮겼군요?

오른쪽 측면미드필더인 솔레르가 아웃 되자 그 자리에는 토레스가 섰다. 본래 오른쪽 측면공격수이기에 어색할 점은 없을 것이다.

―파레호의 클래스가 돋보이는 패스!

―발등으로 공을 받아낸 세바요스가 빠르게 드리블을 합니다!

파레호가 들어서며 발렌시아의 전술에도 변화가 생겼다.

442 전형일 때는 세바요스가 왼쪽 측면미드필더가 되어, 드리블로 상대 진영을 휘저었고.

433일 경우에는 세바요스, 파레호의 뒤를 콘도그비아가 받치는 세 명의 미드필더로서 중원을 구성하게 된다.

왼쪽 측면을 깊게 돌파한 세바요스가 브르살리코를 앞두고 대치했다.

가볍게 페인팅을 시도해 봤지만 쉽게 낚이진 않았다.

'어떻게 하지?'

슬쩍 고개를 돌리니 패스를 하라는 듯 손을 드는 가야와, 산티 미나의 모습이 보였다. 그리고 전광판에 적혀진 시간 또한.

'84분.'

세바요스의 눈이 빛났다.

공을 돌리며 천천히 기회를 노리기보단 욕심을 내보기로 한 것이다.

그가 브르살리코의 가랑이 사이로 공을 흘리며 드리블을 시도했다. 지나치려는 순간 유니폼이 잡혔지만, 가볍게 뿌리치고선 페널티에어리어를 침범할 수 있었다.

─직접 슈팅을 노리는 걸까요? 세바요스가 각을 잡습니다!

─하지만 AT 마드리드의 선수들이 페널티박스 안에서 자리를 잡고 있는 상황!

센터백인 디알루가 세바요스의 앞을 막았고, 다른 선수들은 혹시 모를 패스를 차단하기 위해 길목을 막았다.

"쓰읍."

예상과는 달리 각이 나오질 않자 그가 얼굴을 구겼다.

어찌해야 할까. 딱히 패스를 줄 곳도 보이지 않는데, 그냥 슛을 날려볼까.

"뒤! 뒤를 봐, 인마!"

그때 얼굴을 마주하고 있던 산티 미나가 세바요스의 옆을 손가락질하며 소리쳤다. 고개를 돌리진 않았지만 판단은 빨랐다.

세바요스는 그 방향을 향해 뒤꿈치로 공을 흘렸고.

뒤에서 달려오던 선수는.

언제 왔는지 모를 가야였다.

*   *   *

쾅!

가야의 왼발 슈팅이.

골문 구석을 향해 날카롭게 쏘아졌다.

반응하기도 힘든 슛이었건만, AT 마드리드의 골키퍼인 오블락은 이미 몸을 던지는 중이었다.

동시에 양 팀 선수들이 모두 눈을 크게 떴다.

손끝으로 쿡 찌르는 선방에 공의 방향이 꺾였고, 골대를 맞으며 튕겼다.

─으아아! 이걸 막아버리나요!

─오블락의 미친 선방! 가야가 머리를 부여잡습니다!

와아아!

골라인을 넘고 아웃 되는 공을 보며 관중들이 미친 듯이 소리를 질렀다. 그들은 믿기지 못할 것을 봤다는 듯 오블락의 이름을 크게 외쳤다.

―코너킥을 차는 파레호.
―높이 점프해 공을 걷어내는 사비치!

이후 세트피스 상황에선 기회를 날리며 AT 마드리드의 공격이 시작되었다.

역습의 선봉장은 페키르였다.

하프라인에서 어물정거리던 그는 사비치가 공을 걷어내자마자 달리기 시작했고, 기대를 저버리지 않듯 코케의 강한 스루 패스가 그라운드를 가로질렀다.

―서둘러 수비에 복귀하는 발렌시아 선수들!
―아! 강한 태클로 페키르를 저지하는 오드리오솔라!

그 순간 오드리오솔라가 몸을 부딪치는 태클로 페키르를 막아 세웠다.

동시에 휘슬이 울렸고, 꺼내지는 옐로카드를 보며 조용히 고개를 끄덕인 그가 걸음을 옮겼다.

"잘했어!"

그 소리에 오드리오솔라가 멈칫했다.

슬쩍 고개를 돌리니 원지석이 박수를 치며 격려하는 모습이 보였다. 익숙하지 않은 칭찬에 그가 머쓱한 얼굴로 엄지를 마주 들었다.

─까딱하면 골이 될 상황이었기에, 카드를 감수한 파울인 것 같군요.

─영리하다면 영리한 파울이에요.

옐로카드 하나와 골이 될 위험한 상황을 바꾼 것이다. 물론 카드가 없으면 더욱 좋았겠지만, 이것만으로도 칭찬을 받을 수비였다.

서둘러 수비에 복귀하는 발렌시아 선수들 역시 그런 오드리오솔라의 머리를 한 번씩 쓰다듬었다.

"나이스 파울이라는 건 이상한가?"

"한 골짜리 치즈네."

항상 욕만 먹던 오드리오솔라에게 이런 상황은 영 어색한지 괜히 코 밑을 문질렀다.

그렇게 양 팀 선수들이 세트피스를 위해 자리를 잡았다.

직접적으로 슈팅을 하기엔 먼 거리였다. 시간도 시간이니 롱패스를 예상할 때, 선수들의 자리를 잡아준 심판이 휘슬을 불었다.

AT 마드리드의 프리킥으로 경기가 재개되었다.

"이쯤에서 잠그는 건 어때?"

"도리어 두들겨 맞게 되는 건 아닐까요?"

옆에 있던 케빈의 의견에 원지석이 턱을 긁으며 고민에 빠졌다.

가야의 골이 들어갔다면 두말할 것도 없이 경기를 잠글 테지만, AT 마드리드 역시 기세를 타기 시작했기에 섣불리 수비적으로 바꿀 수는 없는 상황.

"추가시간. 추가시간에 바꾸는 걸로 하죠."

결정을 내린 원지석이 벤치에 있던 코클랭을 불러 몸을 풀도록 지시했다.

코클랭은 전형적인 수비형미드필더였다.

수비 말고 다른 것을 시키면 과부하가 걸린다는 단점이 있지만, 수비에 있어서 믿을 만한 미드필더인 건 확실하다.

―아, 벤치에서 일어난 코클랭 선수가 몸을 풀고 있습니다.

―프리시즌에 입은 햄스트링 부상 때문에 최근에야 겨우 훈련에 합류했다고 하네요.

그러는 사이에도 AT 마드리드의 공격은 계속되고 있었다.

아니, 그런 원지석의 속내를 알기에 무리를 할 정도로 슈팅을 퍼붓는 걸지도 몰랐다.

페키르, 코스타, 코레아 이 세 명의 공격수는 발렌시아의 페널티에어리어 앞을 서성거렸고.

중앙미드필더들은 강한 압박으로 공을 뺏어내고선, 오른쪽 측면으로 공을 벌렸다.

─이번에도 AT 마드리드의 공은 코케에게!

AT 마드리드의 측면미드필더이자, 플레이메이커인 코케가 흐르는 공을 논스톱으로 올렸다.

강한 크로스가 아니다.

톡 띄어 올려진 얼리크로스는 살짝 휘며 페널티에어리어를 향했고, 그 공을 받기 위해 주춤거리는 선수는.

─코스타아아!

데 리흐트를 등지며 주춤주춤 뒷걸음질을 하던 코스타가 날아올랐다.

오히려 뒤에 있던 데 리흐트에게 몸을 실으며 다리를 들어올린 시저스킥이었다.

쾅!

감각적인 슈팅이 골문을 노렸다.

─이게 빗나가네요! 골대 위를 아슬아슬하게 스치는 코스타의 시저스킥!

─들어갔다면 환상적인 골이 터졌을 테지만, 각도가 맞지 않았군요!

땅에 떨어지려는 코스타를 데 리흐트가 잡아주었다. 만약 머리나 허리부터 떨어졌다면 부상을 입을 수 있었기에 나온 행동이었다.

"고맙다고."

코스타는 그런 데 리흐트의 어깨를 팡팡 치며 웃었다. 그러다 슬쩍 어깨동무를 하며 말했다.

"너희 감독은 어때. 잘해주냐?"

"뭐, 그렇죠?"

다른 것보다 욕을 먹는 그와 오드리오솔라를 끝까지 믿어준 사람이니까.

팬들에겐 몰라도, 그들에겐 고마운 감독이었다.

그 말에 피식 웃은 코스타가 어깨를 툭 치며 떠났다.

"나야 성질이 더러워서 끝이 좋질 않았지만, 개새끼인 건 둘째 치고 좋은 감독이야. 잘 배워두라고."

눈을 찡긋거리는 그를 보며 데 리흐트가 놀란 얼굴로 머리를 긁적였다. 사이 나쁜 거 아니었어?

코스타의 시저스킥을 마지막으로.

양 팀 모두 위협적인 장면은 더 이상 나오지 않으며 그대로 경기를 마무리하게 되었다.

추가시간과 함께 교체로 들어온 코클랭은 시간을 끌며 자신의 복귀를 알렸고, 페키르의 슈팅을 막으며 AT 마드리드 팬들이 한숨을 내도록 만들었다.

삐이익!

경기 종료를 알리는 휘슬이 울렸다.

원지석은 지쳐 앉은 선수들에게 다가가 잘했다는 말을 건넸다. 사람들의 예상을 깨고 기대치 이상으로 뛰어준 선수들에게 이 정도는 당연했다.

"원."

그러던 중 원지석에게 다가오는 사람이 있었다.

익숙하지만 조금은 달라진 목소리.

세월에 따라 묵은 앙금도 가라앉은 걸까.

코스타가 다가오며 손을 내밀었다.

불화의 원인은 분명 코스타가 제공한 게 맞다. 그러나 그 고집불통인 자존심 때문에 사과를 하지 못하던 상황에, 이 손은 많은 걸 의미한다.

말없이 그 손을 마주 잡는 것으로, 오늘 경기는 완전한 끝을 고했다.

「[마르카] 페키르의 골로 무승부를 거둔 AT 마드리드!」
「[스포르트] 시메오네, 힘든 싸움이었다」

아쉽게 무승부를 거두긴 했지만, 발렌시아 팬들은 질 거라 예상했던 경기에서 좋은 경기력을 보여주자 만족스러운 얼굴로 고개를 끄덕였다.

힘든 경기였던 걸 알기에 양 팀 팬들 모두 아쉬움과 동시에 만족감을 가지지 않았을까.

「[AS] 앙금이 풀리다?」

한편 원지석과 코스타가 악수를 나누는 모습이 사진으로 찍히며 기사에 실리게 되었다.

최근 축구계를 대표하는 불화 중 하나였기에, 둘이 악수를 나누는 모습은 꽤 화제가 되기도 했다.

당장은 화해를 하지 못할지라도, 어쩌면 늙어서 같이 술 한 잔 정도는.

그런 의미가 있는 악수였다.

"하아."

그 시각 원지석은.

피곤한 몸을 이끌고선 집에 도착했다.

아니, 이곳을 집이라 할 수 있을까.

목을 조이던 넥타이를 풀고선 소파에 털썩 앉은 그가 고개를 돌렸다. 밤바다가 보이는 야경은 훌륭했지만, 무언가 텅 빈 느낌을 가려주진 못했다.

"힘들다."

무심코 그런 말이 나왔다.

아무렇지 않은 척을 하고 있지만.

시즌이 시작하며 지금까지 있었던 일들은 분명 그에게 영향을 끼쳤다.

예상과는 다르게 팀이 부진을 겪었던 일도, 하늘을 찌르는 팬들의 원성도, 자신의 경질을 저울질하는 분위기까지도.

모두 심리적인 압박을 주었다.

무엇보다 가장 힘든 것은, 가족이 옆에 없다는 것.

'보고 싶다.'

당장에라도 고개를 돌리면 거기에 부인과 딸아이가 있을 것만 같았다.

하지만 있는 거라곤 공허한 불빛뿐.

첼시 때와는, 라이프치히 때와는 다른 게 이거였다.

그때는 힘이 들면 언제든지 사랑하는 연인, 가족들을 만나며 머리를 기대었지만.

지금은 그럴 수가 없다.

문득 홀몸으로 생활하던 때가 떠올랐다. 첼시 코치 시절, 정신적으로 한계에 몰리며 축구계에 염증마저 느끼던 그 시절을.

원지석은 말없이 스마트폰을 꺼냈다.

영상 하나를 재생시키자 그리워하던 캐서린과 엘리의 모습이 보였다.

먼저 캐서린의 목소리가 들렸다.

—화면 보이니? 여기에 말을 하면 아빠한테 보내지는 거야.
—아빠, 보고 싶어여!

며칠 전 딸아이가 힘내라고 보낸 영상메시지였다. 이제는 제법 말을 잘하는 걸 보면 어찌나 귀엽던지. 혹시 내 아이는 천재가 아닐까 싶었다.

"나도 보고 싶어."

혼잣말을 중얼거린 원지석이 눈을 감았다.

집 떠나면 고생이라더니.

사랑하는 이들의 목소리를 들으며 그는 잠에 빠졌다.

*   *   *

EPL과 분데스리가가 다르듯.

라리가 역시 그들만의 특색이 있다.

원지석은 그에 맞춰 변해야 했다.

「[수페르 데포르테] 반전에 성공한 발렌시아!」

스페인 축구에 적응하고 있다는 건, 다른 무엇보다 팀의 순위표로 확인할 수 있었다.

강등권에 있던 팀은 어느덧 7위로 올라섰고, 그 위에 있는 팀들과의 승점 역시 그리 차이가 나지 않았다.

기세를 탄 팀의 퍼포먼스를 생각하면 챔피언스리그 경쟁까지 가능한 상황. 자연스레 원지석에 대한 여론은 호의적인 편으로 누그러졌다.

「[마르카] 또 골! 가비골이 돌아오다!」

「[스포르트] 이번에도 골을 합작한 산티 미나와 바르보사!」

바뀐 발렌시아에서 가장 눈에 띄는 점이라면 바로 한 명의 공격수를 꼽을 수 있었다.

가브리엘 바르보사.

이제는 팬들의 지지를 받는 스트라이커가.

바르보사의 반전은 놀랍다는 말로도 설명이 불가능할 정도였다. 무득점의 공격수가 팀의 해결사로 변할 줄 누가 상상이나 했을까.

팀이 고전할 때마다 그는 골을 넣거나 어시스트를 쌓으며 발렌시아의 승점을 벌었다.

「[마르카] 산토스가 받을 옵션은?」

오죽하면 추가 이적료로 얼마를 내야 할지에 대한 이야기가 나오겠는가.

「[스포르트] 자신을 믿어준 원지석에게 찬사를 보내는 가비골!」

최근의 활약을 조명받은 바르보사는 언론들과의 인터뷰에서 그런 말을 꺼냈다.

"정말 힘든 시기였었죠. 제 퍼포먼스만이 아니라 팀의 전체적인 상황도 좋지 않았어요."

자연히 한 골도 넣지 못한 바르보사는 그 비판에 직면하게 되었다.

이전처럼 경기에 나오지 못하는 게 아니다. 오히려 나올 때마다 골을 넣지 못했으니 비판은 더욱 컸다.

그럴수록 심리적으로 위축될 뻔했지만, 감독인 원지석은 그에게 강한 믿음을 보였다.

'움직임은 좋아. 금방 골을 넣을 거니까 걱정하지 마라.'

"감독님은 지속적으로 저를 케어해 주셨어요. 한 골이면 된다. 그렇게 말씀하셨죠."

한 골이면 된다.

바르보사 역시 한 골을 위해 최선을 다했고.

결국 터진 그 말은 현실이 되었다.

9골 6도움.

사실상 레반테전 이후로 매 경기마다 공격포인트를 쌓는 중이라 봐도 좋았다.

특히 파트너인 산티 미나와의 호흡이 매우 좋은 편이었다. 팬들에겐 벌써부터 다이내믹 듀오라는 별명으로 불리는 중이었으니까.

"최근엔 또 이런 말을 들었어요."

자만하지 마라.

그렇게 말한 바르보사가 쓴웃음과 함께 머리를 긁적였다.

「[수페르 데포르테] 지옥 원정을 준비하는 발렌시아!」

　지옥이라는 말은 너무 과장을 한 게 아니냐는 생각을 할 수도 있겠지만, 원정 준비를 하는 원지석에겐 그 말보다 적절한 말이 없을 터였다.

　UD 라스팔마스.

　발렌시아에서 2,064km가 떨어진 곳에 위치한.

　비행기로만 3시간 이상이 걸리는 지옥이.

44 ROUND
다이내믹 듀오

라스팔마스가 속한 카나리아 제도는 서사하라 바다 건너에 있다.

즉, 지리적으로는 아프리카에 위치했다는 소리였다.

원지석은 라스팔마스에 가본 경험이 있었다. 예전에 캐서린과 함께 여행을 하러 갔었으니까. 하지만 감독으로서 이보다 더 피곤한 곳은 없었다.

"우리 지금 챔피언스리그 원정 가냐?"

"잠 덜 깼어요?"

"아니, 잠깐만. 모로코 옆이면 유럽챔피언스리그도 아니잖아?"

케빈이 입을 삐쭉 내밀며 중얼거렸다.

또 시작이라는 듯 원지석은 이어폰을 꺼냈다.

그걸 제지하려는 손과 뿌리치려는 손이 투덕거리자 옆에 앉은 코치들이 쓴웃음을 지었다.

발렌시아 선수들 역시 먼 원정경기를 준비하며 벌써부터 피곤한 기색을 내비쳤다.

"한동안 좋았는데."

"그러게."

몇 시즌 전 강등을 당했던 라스팔마스는 이번 시즌 승격에 성공하며 원정팀들을 공포에 떨게 했다.

"그래도 우리는 한 시즌에 한 번이지, 걔들은 열아홉 번을 이래야 하잖아?"

"그것도 끔찍하네."

한숨을 쉰 선수들이 등을 기댔다.

누군가는 안대를 쓰고.

누군가는 헤드폰을 꺼내며 눈을 감았다.

발렌시아 선수들은 3시간이 넘는 비행 끝에 라스팔마스에 도착하게 되었다. 피곤하단 얼굴로 공항을 나서는 그들은 다시 버스에 몸을 실었다.

이제 예약을 해둔 호텔에 짐을 풀고, 훈련장에서 가벼운 점검을 할 생각이었다.

라스팔마스는 전형적인 하위권의 색채를 보여주는 팀이다. 짠물 수비로 실점을 최소화하며, 한 골 싸움을 하는.

원지석은 그런 팀을 상대하기 위해 전술적으로도 변화를 주었다. 어떤 변화인지는 내일 있을 경기에서 확인할 수 있을 터.

"세바요스! 거기선 조금 더 빨리 들어가야지!"

갑작스레 휘슬을 분 그가 세바요스의 움직임을 지적했다.

"네!"

"한 번 더!"

고개를 끄덕인 세바요스가 다시 한번 자리를 잡았다. 그는 좌우에 있는 산티 미나와 바르보사를 보고선 발걸음을 뗐다.

세바요스의 움직임에 맞춰 두 선수도 천천히 걸음을 옮겼다.

연습 상대 겸 훈련을 위해 나온 수비수들이 자리를 잡고선 그들을 압박하기 시작했다.

코클랭의 태클을 피한 세바요스가 몇 발자국을 성큼성큼 걷더니 스루패스를 찔렀다.

그걸 데 리흐트을 앞에 둔 산티 미나가 그대로 오른발 슈팅을 때렸다.

쾅!

인사이드로 감아 찬 숏이 부드럽게 골 망을 출렁였다.

*　　　　*　　　　*

─발렌시아와 라스팔마스의 선수들이 입장하는군요.

─과연 발렌시아가 힘든 원정에서 상승세를 이어갈지, 홈팀인 라스팔마스는 어떤 모습을 보여줄지가 궁금하네요. 양 팀의 라인업입니다.

라스팔마스는 전체적으로 수비적인 색채가 짙은 라인업을 꺼냈다.

442 포메이션으로, 대부분의 선수들이 수비와 활동량에 강점을 둔, 예상에서 크게 벗어나지 않는 선발 명단이었다.

─먼 거리를 온 원정팀에겐 정말 상대하기 귀찮을 전술일 겁니다.

─이에 맞서는 발렌시아도 몇 개의 변화를 주었군요?

라스팔마스의 수비적인 전술을 예상한 원지석은 그에 맞춰 대응책을 마련했다.

조금 더 직접적이고.

수비 라인을 깨는 데 적합한 명단을 말이다.

먼저 골키퍼 장갑은 네투가 꼈다.

만 34세의 골키퍼인 그는 여전히 주전 경쟁 의지를 불태우며 오늘 기회를 받게 되었다.

포백에는 토니 라토, 무리요, 데 리흐트, 후벤 베주가.

라토와 베주는 양 풀백의 로테이션 자원이었고, 무리요는 믿을 만한 센터백이지만 잦은 부상으로 경기에 자주 나오지 못하는 선수였다.

─전체적으로 로테이션이 가동된 수비 라인입니다.

―가야와 토비에게 휴식을 줄 겸, 전체적인 선수들의 관리를 해주는 거 같군요.

　가야는 잔부상이 잦은 선수다. 근래에는 나아졌다지만 언제 재발할지 몰랐고, 만 34세인 토비에게 체력적인 관리는 필수였다.
　그렇기에 로테이션은 반드시 필요한 일이었다. 그 타이밍으로 지금보다 좋을 때는 없었고.

　―이어서 세 명의 미드필더가 자리를 잡았습니다.

　중원에는 파레호, 코클랭이 허리를 구축했으며.
　공격형미드필더 자리에는 세바요스가.
　최전방에는 산티 미나, 호드리구, 바르보사가 섰다.

　―4231 포메이션을 준비한 원지석 감독입니다.
　―그동안 투톱을 구성했던 산티 미나와 바르보사는 측면의 윙어들로 자리를 잡았군요?
　―전체적으로 로테이션을 가동했지만, 코어 선수들은 그대로 유지했어요.

　체력적인 부담을 덜기 위해.
　혹은 부상에서 복귀 후 감각을 올리기 위해.

라스팔마스와의 경기는 수비적인 부담이 적을 것으로 보였기에 준비한 선발 명단이었다.

삐이익!

아름다운 휴양지인 동시에.

지옥 같은 원정경기가 시작되었다.

─낮게 패스를 깔아 차는 파레호.

─클래스가 돋보이는 패스입니다.

한동안 조커로 나왔던 파레호는 간만의 선발 출전에 좋은 모습을 보였다.

나이가 들며 신체 기량은 저하됐지만, 경기를 보는 시야와 선수들을 조율하는 능력은 원숙해지며 베테랑다운 모습을 뽐냈다.

─공을 탈취하는 코클랭!

─괜찮은 컨디션이네요!

코클랭이 쓸어 담고, 파레호가 뿌리며, 세바요스가 공을 몰고 달린다.

오늘 전술에 있어 핵심은 세바요스였다.

페널티에어리어까지 공을 운반하며, 수비 라인을 흔든다.

그런 움직임에 맞춰 좌우 윙어인 산티 미나와 바르보사는 혼들린 라인을 침투했다.

─안쪽으로 들어가는 바르보사! 그대로 슛을 날려봅니다!

팅!
왼발로 강하게 때린 슈팅이 골대를 맞으며 튕겼고.
미리 자리를 잡은 호드리구가 그것을 마무리하기 위해 달렸
다.

─호드리구의 슈팅이 수비수를 맞고 아웃 됩니다!
─코너킥을 얻는 발렌시아!

기회를 놓친 호드리구가 익살스러운 얼굴로 아랫입술을 핥
으며 무안함을 감췄다. 어쩌면 조급함을 감추려는 걸지도 몰랐
다.

─산티 미나, 바르보사 라인이 터지며 벤치로 밀려난 호드리구
죠?

중계진이 그 이유일지 모를 사실을 이야기했다.
바르보사가 팀에 적응하기 전, 호드리구 역시 적지 않은 기
회를 받았다.
그렇지만 팀이 전체적으로 부진할 때였기에 그 혼자서는 별

다른 활약을 하지 못했고, 산티 미나와 바르보사의 호흡이 터지면서는 한동안 벤치에 머무르게 되었다.

"전체적으로는 괜찮네요."

경기가 진행되는 걸 보며 원지석이 입가를 가리듯 만졌다.

발렌시아는 계속해서 라스팔마스를 몰아치는 중이었다. 훈련받은 대로, 감독의 지시를 받은 대로.

"골이 들어가지 않는 걸 빼고는."

결국 문제는 골이다.

호드리구는 산티 미나, 바르보사와 끊임없이 스위칭을 하며 라스팔마스의 골문을 노렸다.

그러나 그들은 왕성한 활동량을 앞세운 수비로 번번이 슈팅을 막아냈고, 아직까지 스코어에 변화가 없는 상황.

"토레스를 준비시킬까?"

케빈이 머리를 긁적이며 물었다.

이쯤에서 전술을 바꾸는 게 어떠냐는 그 말에 원지석은 고개를 저었다.

"조금만 더, 조금만 더 봅시다."

무언가 살짝 부족하다.

그걸 채우기 위해 원지석은 세바요스를 불렀다.

카메라에 그런 둘의 모습이 잡혔다. 새로운 지시를 내리던 원지석은 이윽고 세바요스의 등을 두드리며 그라운드로 돌려보냈다.

─발렌시아가 전술의 변화를 준 거 같군요?

　─양 윙어들이 안쪽으로 파고들기보다는 측면으로 넓게 벌리는 모습이 눈에 띕니다.

　그들이 수비수들을 이끌고 수비 라인을 벌릴수록 세바요스와 호드리구에게 자리가 생겼다.

　새로운 지시는 퍽 효과적이었는지.

　그게 득점으로 이어지기까지는 그리 오래 걸리지 않았다.

　─바깥 발로 공을 빼내는 세바요스!

　라스팔마스의 압박을 벗어난 그가 한 걸음 비키며 슈팅 각도를 만들었다. 오른쪽 구석을 향해 낮게 깔아 찬 슈팅은 골키퍼의 선방에 막히고 말았다.

　하지만 아직 끝이 아니다.

　데구루루 구르는 공을 보며.

　아까부터 호시탐탐 기회를 노리던 호드리구가, 이번엔 놓치지 않겠다는 듯 몸을 던졌으니까.

　─골! 마침내 첫 골을 터뜨리는 호드리구 모레노!

　─필사적인 헤딩이 기어코 골을 만들어내네요!

　드디어 골을 넣은 호드리구가 감격스러운 얼굴로 셀레브레이

선을 했다.

발렌시아의 선수들이 그런 호드리구를 격려했다. 특히 같은 고생을 한 바르보사가 그 마음을 아는지 포옹을 하는 모습이 보였다.

"됐다."

터치라인에 있던 원지석은 선수들에게 다음 지시를 내리며 분위기를 빠르게 정리했다.

선제골을 먹혔으니 계속 수비적으로만 있지는 않을 터. 들떠 있기만 하다간 이 리드를 오래 유지하지 못할 거다.

"셀레브레이션 끝났으면 다시 집중해!"

라스팔마스 역시 홈에서 이대로 질 생각이 없는 모양이었다. 그들은 더 빠른 역습으로 발렌시아의 골문을 노렸다.

─공격을 차단하는 코클랭! 공을 건네받은 파레호가 바로 롱패스를 찌릅니다!

─발렌시아의 빠른 역습!

그건 도리어 발렌시아에게 있어 더 나은 상황일지 몰랐다. 라스팔마스의 간격이 벌어질수록 양 윙어들의 침투할 공간이 넓어졌기 때문이다.

파레호의 패스를 안정적인 터치로 잡은 세바요스가 안쪽으로 침투하는 두 윙어를 보았다.

'똑같아.'

훈련이랑 똑같은 상황.

이미 수없이 많은 연습을 해서인지 그들의 동선이 훤하게 그려졌다.

세바요스는 망설임 없이 패스를 찔렀다.

─산티 미나를 본 세바요스!
─슛을 하나요?

기가 막히게 들어오는 패스를 보며 산티 미나가 미소를 지었다. 차려진 밥상이나 다름없는 상황. 이런 걸 놓치면 쪽팔려서 얼굴을 들지 못할 거다.

─슈우우웃!

쾅!

산티 미나의 인사이드 슛이 골문을 향해 부드럽게 휘었다.

골키퍼가 몸을 날렸지만 끝내 손에 스치지도 못한 환상적인 슈팅이었다.

─골입니다 골! 격차를 더욱 벌리는 산티 미나의 슛!
─발렌시아의 아주 좋은 합이었어요!

코클랭이 공을 끊어내는 것부터 시작된 역습은 산티 미나의 슛으로 마무리되었다.

원지석 또한 기쁜 감정을 숨기지 않았다.

중계 카메라에 크게 셀레브레이션을 하는 그의 모습이 그대로 찍혔다.

훈련장에서 가장 많이 연습하던 순간이 그라운드에서 재현되며 골을 만들었다. 기뻐하지 않을 수 있을까.

삐이익!

그렇게 경기가 끝났다.

이후 라스팔마스의 공격을 잘 막아내며 무실점으로 경기를 마무리한 발렌시아였다.

"다들 돌아가서 푹 쉬자."

원지석의 말에 선수들이 그제야 긴 숨을 내쉬었다.

"빨리 침대에 누워 푹 자고 싶다."

"그러게요."

케빈의 말에 다른 코치들이 동의한다는 듯 고개를 끄덕였다.

경기가 끝났다지만 바로 라스팔마스를 떠나진 않는다. 오늘 밤까진 호텔에서 쉬고 발렌시아로 돌아갈 예정이었다.

"뭐, 다들."

샤워를 끝내고 옷을 갈아입은 선수들을 보며 원지석이 입을 열었다.

"오늘은 맥주 한 잔만 하자. 딱 한 잔만."

맛있는 곳을 알거든.

그 말에 선수들이 환호성을 질렀다.

「[마르카] 간만에 골을 넣은 호드리구!」
「[스포르트] 힘든 원정을 잘 마무리한 발렌시아」

호드리구의 퍼포먼스는 발렌시아에게 있어서 좋은 소식이었다. 산티 미나와 바르보사에게 의존되는 공격진에 새로운 옵션이 되어줄 테니까.

「[수페르 데포르테] 발렌시아에게 찾아온 두 번째 고비!」

힘든 원정을 끝내고 돌아온 그들은 이제 곧 어려운 상대를 맞이하게 된다.
FC 바르셀로나.
사리 감독 체제에서 새롭게 변신한 그들을 말이다.

*   *   *

마우리시오 사리는 점유율과 압박에 세심한 신경을 쓰는 감독이다.
특히 패스를 중시하는 그 성향은 바르셀로나에 와서도 잘 어울렸으며, 팀을 훌륭히 이끌고 있다는 평가를 받았다.
끽연가 사리.

바르셀로나 팬들이 사리에게 붙여준 애칭이었다.

프로축구 팀의 감독에게 붙여지기엔 조금 묘한 별명이기도 했다.

보통 담배를 즐겨 피는 감독이라도, 혹여 선수들에게 부정적인 영향을 끼칠까 구단에선 흡연을 자제하는 편이지만.

사리는 이탈리아 시절부터 담배를 물고 있는 모습이 자주 찍힌 유명한 골초였다.

「[문도 데포르티보] 흡연 부스에서 담배 맛을 즐기는 사리」

오죽하면 그를 위한 흡연 부스를 만들어주겠는가.

함께 실린 사진에는 투명한 부스 속에서 연기를 내뿜는 그의 모습이 찍혔다.

그런 사리에게서 누군가는 바르셀로나의 레전드인 요한 크루이프를 떠올리기도 했다. 선수 시절부터 애연가로 유명한 크루이프였으니까.

「[스포르트] 엘 클라시코를 준비하기에 앞서 고민에 빠진 사리!」

엘 클라시코.

세계 최고의 축구 더비이자.

라리가 우승에 중요한 분기점으로 꼽히는 경기.

현재 레알 마드리드와 바르셀로나 모두 전승을 거두며 공동

1위를 달리고 있기에, 이번에 있을 경기는 매우 중요한 매치로 꼽혔다.

"발렌시아의 최근 분위기는 아주 좋죠. 힘든 경기가 될 겁니다."

사리는 언론과의 인터뷰에서 경계심을 숨기지 않았다.

로테이션이 아닌 1군을 내보낸다는 뜻으로 해석될 수 있지만, 반대로 그것을 의도한 심리전일지도 모른다.

확실한 건 최근 상승세를 달리는 발렌시아의 퍼포먼스가 심상치 않다는 거였다.

"레알 마드리드든, 바르셀로나든 질 생각은 없습니다."

원지석 역시 각오를 다졌다.

시즌 초반이었다면 비웃음을 샀겠지만.

이제는 발렌시아가 꺼려지는 상대라는 걸 모두가 인정한다.

"데 리흐트는 이적 후 처음으로 캄프 누를 찾아가는데요. 과연 바르셀로나의 관중들이 그를 환영해 줄까요?"

발렌시아에 적응한 지금은 괜찮은 퍼포먼스를 보여준다지만, 바로 전까지 몸을 담았던 바르셀로나에선 먹튀급 활약을 보인 데 리흐트였다.

짓궂은 질문에 원지석이 쓴웃음을 지었다.

그들이 그런 사실을 모를 리가 없었기 때문이다.

야유 소리 정도는 각오해야겠지.

"글쎄요. 뭐, 좋은 반응이 나오지 않아도 데 리흐트는 프로입니다. 침착하게 대처할 거라 믿어요."

설마 친정 팀한테 미안하다고 골문으로 가는 길을 열어주기라도 하겠는가.

그 말을 끝으로.

발렌시아는 캄프 누로 가기 위한 준비를 시작했다.

"자료 확인했죠? 우리도 일합시다."

문을 열고 들어온 원지석이 코치들을 보며 입을 열었다.

스카우트 팀에서 보낸 자료들을 토대로, 바르셀로나라는 거함을 잡기 위한 전략을 짜야만 한다.

"중원을 강하게 압박하는 건 어떨까요? 재능은 있다지만, 왕년의 중원에 비하면 한 끗 떨어지는 게 사실인데."

"세비야가 그렇게 했다가 탈탈 털린 거 못 봤어? 우습게 볼 애들은 아니야."

누군가가 꺼낸 의견에 케빈이 고개를 저었다.

한때 시대를 풍미했던 중원인 사비, 이니에스타, 부스케츠 라인도 이제는 옛말이다.

모두 은퇴를 하거나 팀을 떠났으니까.

그때에 비하면 이름값이야 떨어지지만, 그렇다고 해서 현재 바르셀로나의 중원을 우습게 볼 이유는 되지 않는다.

방금 의견처럼 바르셀로나의 중원을 노렸다가 무패의 제물이 된 팀들은 꽤나 많았다.

"대략적인 틀은 잡혔네요."

시간이 지나고.

전술적인 윤곽이 잡힌 지금.

이제 남은 건 감독의 선택뿐이다.

전술 보드에 붙일 자석을 굴리며 고민하던 원지석은 이윽고 결정을 내렸다.

탁.

마지막 자석이 붙으며 포메이션이 완성되었다.

*　　　　*　　　　*

─여기는 바르셀로나의 홈인 캄프 누입니다!

─엘 클라시코를 눈앞에 둔 바르셀로나가 까다로운 발렌시아를 어떻게 상대할지, 기대가 되네요!

"오랜만이군, 원! 이렇게 만날 줄은 몰랐어."

"오랜만이네요."

악수를 나누면서도 사리에게서 짙은 담배 냄새가 풍겼다. 아무래도 이곳에 오기 전 담배를 태운 모양이었다. 그것도 몇 개비를.

"냄새가 심한가? 큰 경기를 앞두고선 안 피울 수가 없거든."

사리가 머쓱한 얼굴로 팔뚝에 코를 대고선 킁킁거리며 냄새를 맡았다.

"좀 심하긴 하군."

"건강을 위해서라도 끊는 게 어때요?"

"끊어? 자네는 숨을 쉬지 않고 살 수 있나?"

그 말에 원지석이 못 말린다는 듯 고개를 저었다.

그러는 사이 양 팀의 선수들이 터널을 지나며 그라운드에 입장하는 모습이 보였다.

"자네 선수들은 어떤가?"

"사랑이 식어버린 애인 같네요. 떠난 마음을 잡기가 아주, 힘들죠."

"적절한 비유구먼."

빵 터진 사리 감독이 원지석의 어깨를 두드렸다.

발렌시아 선수들이 마음 떠난 애인이라면, 사리는 투우사가 된 기분이었다.

아슬아슬한 대치 속에서도 빨간 깃발을 흔들어야 하는 그런 투우사 말이다.

물론 선수들과 문제가 있는 건 아니다.

단지 그 높은 기대치를 만족시키지 못했을 경우, 들이받혀 죽는 건 본인이란 걸 알 뿐.

"잘해보자고."

"기대할게요."

두 감독들이 자리로 돌아가는 사이 중계진이 양 팀의 라인업을 소개했다.

─바르셀로나는 1군 라인업을 그대로 들고 왔군요? 다가올 엘 클라시코가 있지만, 우선은 체력적인 부담을 안고 가려는 모양입니다.

―그만큼 이번 경기에 만반의 준비를 했다는 소리겠네요.

골키퍼 장갑은 테어슈테겐이 꼈으며.

포백에는 알바, 움티티, 예리 미나, 세르지 로베르토가.

중원에는 파비안 루이스, 아르투르가 호흡을 맞췄고 그 뒤를 조르지뉴가 받쳤다.

―사리 감독에 대한 평가 중 무엇보다 중원을 훌륭히 완성시켰다는 호평이 많아요.

아이러니하게도 바르셀로나의 가장 큰 문제점으로 꼽힌 것은, 다름 아닌 중원이었다.

한때 세계 최고의 중원을 자랑했지만.

그 시간이 지나며 대체자를 구하지 못한 게 컸다.

그랬기에 사리는 활동량이 많은 미드필더인 파비안 루이스를 영입했고, 임대를 떠났던 플레이메이커인 아르투르를 복귀시켰다.

거기다 수비형미드필더로는 나폴리 시절의 제자인 조르지뉴를 데려오며 중원을 완성하는 데 성공했다.

―이어지는 공격진들 역시 빼놓을 수 없겠네요.

―이번 시즌 바르셀로나의 무패를 이끄는 삼인방입니다.

마지막 최전방에는 그리즈만, 쿠티뉴, 베르나르데스키가 서며 공격진을 구성했다.

―433 포메이션으로, 쿠티뉴가 제로톱에 섰습니다.
―우려했던 것과 달리 잘해주고 있죠?

사리는 나폴리 시절 측면공격수인 메르텐스를 가짜 공격수로 바꾸며 대박을 친 적이 있다.

그랬기에 바르셀로나에 부임하고선 쿠티뉴의 포지션을 과감하게 바꿀 수 있었고, 그 역시 사리의 전술에 녹아들며 좋은 퍼포먼스를 보여주었다.

―그리즈만과 베르나르데스키 역시 좋은 폼을 보여주고 있습니다.
―조르지뉴도 그렇고, 이탈리아 리그 선수들의 영입이 눈에 띄네요.

사리 감독은 이탈리아 리그 선수들에게 많은 관심을 드러냈다. 본인이 직접 상대하고, 지도한 만큼 그들을 잘 알기 때문이다.

실제로 영입에 성공한 조르지뉴와 베르나르데스키는 팀에 빠르게 녹아들며 활약하는 중이었고.

─이에 맞서는 원정팀 발렌시아의 라인업입니다.

골키퍼 장갑은 하우메 도메네크가 꼈으며.

포백에는 가야, 토비, 데 리흐트, 오드리오솔라가.

중원에는 산티 미나, 콘도그비아, 코클랭, 솔레르가.

공격형미드필더 자리에는 세바요스가 섰고, 최전방에는 바르보사가 자리 잡은 4411 포메이션이었다.

─그동안 선보였던 전술과는 차이가 있네요?

─산티 미나는 측면 윙어로도 뛸 수 있지만, 이런 조합은 처음이군요.

중원을 두텁게 하겠다는 의도가 깔린 전술이었다.

바르보사는 전형적인 원톱이 아니기에, 어쩌면 세바요스의 제로톱이나 투톱에 가까운 전술일지도 몰랐다.

삐이익!

경기가 시작되었다.

원지석이 꺼낸 전술이 어떤 결과를 가져올지는 이제부터 알 수 있을 터.

선축은 홈팀인 바르셀로나의 몫이었다.

잠시 중원에서 공을 돌리던 조르지뉴가 롱패스를 올렸다.

─공을 받기 위해 뛰는 베르나르데스키!

―가야를 따돌립니다!

유벤투스에서 이적해 온 베르나르데스키는 사실 뎀벨레의 부상으로 기회를 잡은 케이스에 가까웠다.

그러나 그가 보여준 퍼포먼스는 매우 뛰어났고, 뎀벨레가 부상에서 복귀한 이후에도 주전 자리를 놓지 않을 정도였다.

오른쪽 측면을 계속해서 돌파하던 베르나르데스키가 몸을 한 번 접었다.

그리고는 중앙에 있는 아르투르에게 패스를 보냈다.

―공을 잡은 아르투르.
―왼쪽에 있는 쿠티뉴에게 연결합니다.

쿠티뉴는 최전방공격수임에도 마치 측면공격수처럼 왼쪽에 머무르는 시간이 많았다.

사리 감독은 그에게 그리즈만과 끊임없이 스위칭할 것을 명했고, 이는 어느 정도 들어맞는 수가 되었다.

본래 쿠티뉴는 왼쪽 윙에서 최고의 퍼포먼스를 보여주는 선수다. 그랬기에 그리즈만과 교차하는 플레이로 많은 골을 만들어낼 수 있었다.

―왼쪽 측면에서 안쪽으로 침투하는 쿠티뉴.
―오드리오솔라가 달라붙네요!

발렌시아의 우측 라인인 데 리흐트와 오드리오솔라가 협력 수비를 하며 그런 스위칭을 저지했다.

'굳이 그리즈만에게 주라는 법은 없지.'

슬쩍 공을 뒤로 뺀 쿠티뉴가 오른쪽으로 공을 흘렸다. 거기 엔 계속해서 달려온 베르나르데스키가 있었다.

—그대로 슈우웃!

—안정적으로 공을 잡아내는 도메네크!

골키퍼 정면으로 향한 슛이었기에 어렵지 않게 막아낸 도메 네크가 안도의 한숨을 내쉬었다. 첫 슈팅부터 골을 내줄 순 없 지 않은가.

곧바로 발렌시아의 역습이 시작되었다.

콘도그비아나 코클랭은 중원에서의 압박엔 능하지만 패스에 서 두각을 보이는 선수는 아니다. 산티 미나 역시 플레이메이 커는 아니었고.

—공을 받은 세바요스가 전진합니다. 그를 중심으로 발렌시아 선수들이 움직이는군요.

결국 세바요스가 팀의 플레이 메이킹을 책임지게 되었는데, 공격형미드필더로 나선 그는 수비적인 부담 없이 공격에 가담

할 것이다.

　―측면에서 산티 미나와 바르보사가 공을 기다리고 있군요?
　―공격수들의 움직임에 따라 4312로 변한다고 해도 무방할 거 같아요.

　결국 산티 미나의 수비 가담과, 세바요스의 공격 가담에 중점을 둔 포메이션이었다.

　바르셀로나 역시 그런 점을 파악했는지.

　파비안 루이스를 비롯한 미드필더들이 세바요스를 중심적으로 압박하는 모습이 보였다.

　―톡 찍어 올린 공이 아르투르의 키를 넘어섭니다!
　―하지만 조르지뉴가 걷어내는군요!

　"시발."

　아르투르를 지나치려던 세바요스가 낭패한 얼굴로 뒤를 돌아보았다. 언제 왔는지, 멀리 걷어낸 공을 받아낸 쿠티뉴가 재빠르게 역습을 시작했다.

　―그리즈만을 본 쿠티뉴!
　―측면을 향해 긴 스루패스를 찌릅니다!

매우 빠른 패스를 받기 위해 그리즈만이 달리려 할 때였다.

갑자기 몸을 멈칫한 그가 그대로 주저앉고선 사리 감독에게 눈길을 보냈다.

ㅡ아! 부상인가요?

ㅡ공이 아웃 되며 바르셀로나의 팀닥터들이 서둘러 들어가네요!

그리즈만은 자신의 허벅지 뒤쪽을 만지며 얼굴을 구겼다. 워낙 선수들이 자주 다치는 곳이었기에 중계진들 역시 눈치를 챈 모양이었다.

ㅡ햄스트링이 올라온 거 같습니다.

ㅡ팀닥터들의 부축을 받으며 라인 밖으로 나가네요.

절뚝거리는 그리즈만을 보며 사리가 아랫입술을 깨물었다. 예상하지 못한 갑작스러운 상황이었다.

결국 팀닥터들이 교체를 해야 된다는 사인을 보내자, 그는 서둘러 벤치를 향해 소리쳤다.

"빨리 준비해 줘!"

그 말에 한 선수가 고개를 끄덕이며 벤치에서 몸을 일으켰다.

천천히 저지의 지퍼를 내리는 그의 모습을 보며 캄프 누의 모든 사람들의 그 뒷모습에 집중했다.

이윽고 저지 속에 숨겨졌던 등번호가 드러나자 그들이 큰 함성을 질렀다.

—메시! 메시가 교체로 들어갈 준비를 합니다!

등번호 10번.

캄프 누의 메시아.

바르셀로나의 신인 리오넬 메시가 등장한 것이다.

『스페셜 원: 가장 특별한 감독』 8권에 계속…